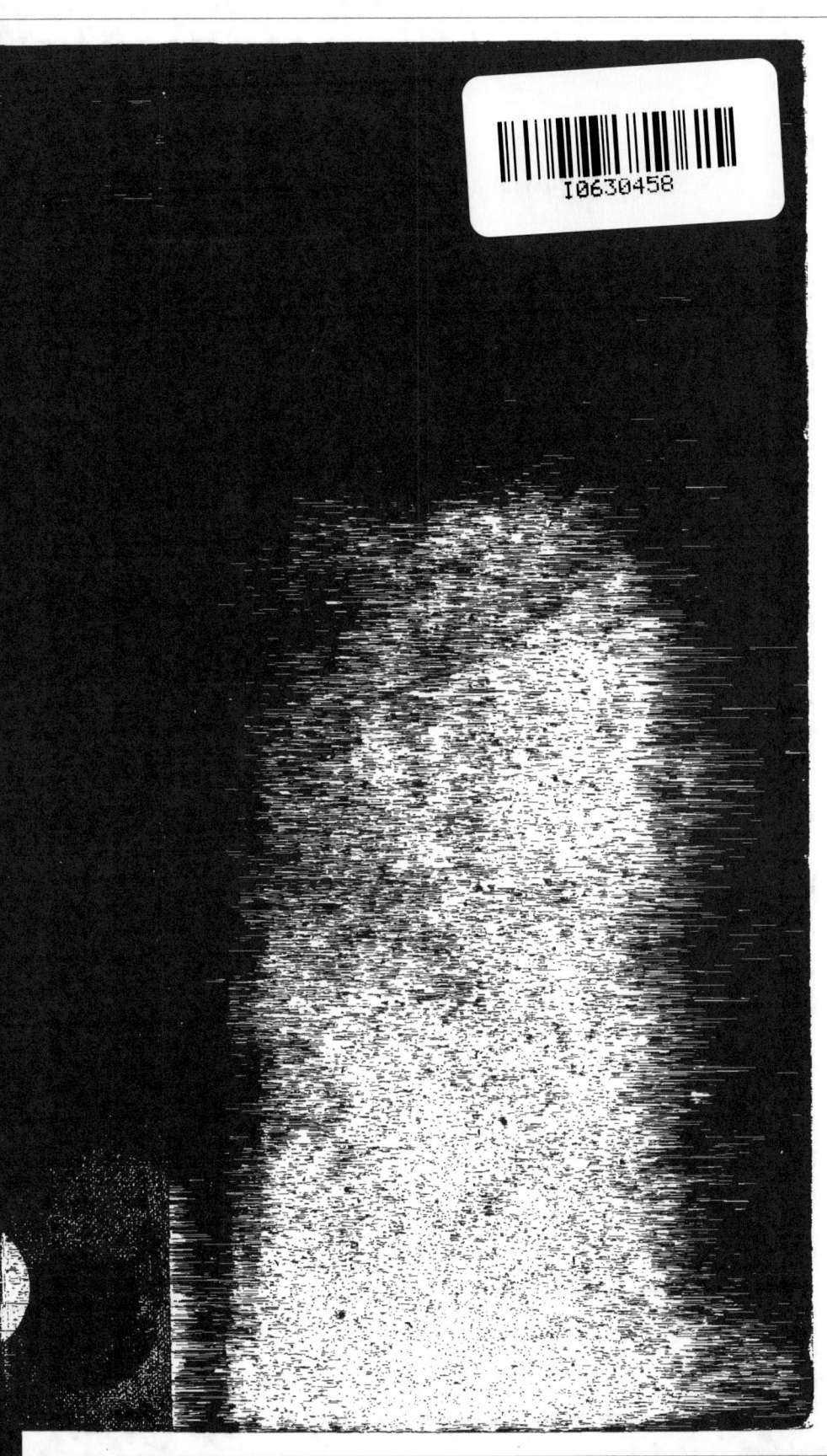

INSTRUCTION

EN VERS FRANÇAIS

SUR

LA PASSION

DE

NOTRE SEIGNEUR JÉSUS-CHRIST;

Par M. Antoine PRADIER,

AVOCAT, ANCIEN MAGISTRAT, HABITANT DE LA VILLE DE
RABASTENS, DÉPARTEMENT DU TARN;

DÉDIÉE

A M.ᴳᴿ L'ÉVÊQUE DE MONTPELLIER.

TOULOUSE,

DE L'IMPRIMERIE DE F. VIEUSSEUX, RUE SAINT-ROME,
N.° 46.

1822.

Pour éviter les contrefaçons, tous les exemplaires seront revêtus de la signature de l'Auteur.

A MONSEIGNEUR,

Marie-Nicolas FOURNIER,

ÉVÊQUE DE MONTPELLIER,

Baron de la Contamine, Officier de la Légion-
d'Honneur, Chevalier Grand-Croix de l'ordre de
Malthe.

Monseigneur

L'excellence de vos vertus, de votre piété, qui ont
répandu une si bonne odeur dans ce diocèse que votre
Grandeur administre avec tant de prudence, de sagacité et de sagesse, m'a engagé à lui dédier cet ouvrage
qui est en même temps le prémice de mes travaux en
matière de poésie : j'ai osé me flatter qu'elle voudrait
bien me faire l'honneur de l'accepter en faveur de la
sublimité du sujet que j'y traite, m'estimant heureux
de croire que ma démarche à cet égard ne pourrait que
lui être agréable.

J'ai pensé, Monseigneur, que vous montrant partout le zélé Prélat, l'Apôtre bienfaisant, le défen-
seur charitable de cette religion que vous nous avez si

éloquemment préchée, soit pendant le cours de vos vi-
sites épiscopales, soit dans vos instructions pastorales,
plus encore par vos exemples éminens, vous auriez
plaisir de voir un laïque embrasser son parti, confesser
Jésus-Christ, et témoigner publiquement son respect,
sa vénération en faveur de cet homme-Dieu, qui par
un excès de son amour pour nous opéra le salut du
genre humain sur l'arbre de la croix, et nous ouvrit
les portes du ciel par son martyre.

Je désire ardemment, Monseigneur, que votre
Grandeur reconnaisse dans cette instruction que j'ai
aujourd'hui l'honneur de mettre sous ses yeux, l'atta-
chement sincère que je conserve et conserverai toujours
pour cette même religion dans laquelle je suis né et que
je me fais un bonheur de professer ; qu'elle soit con-
vaincue, par la dédicace que je la supplie de vouloir
bien agréer, combien je la révère et l'honore, et com-
bien encore je serais charmé de trouver l'occasion fa-
vorable de vous assurer, Monseigneur, qu'on ne peut
rien ajouter aux sentimens pleins de considération et de
respect avec lesquels

J'ai encore l'honneur de me dire très-
profondément,

De votre Grandeur,

Le très-humble, très-dévoué, et très-obéissant
serviteur,

A. PRADIER.

Rabastens (département du Tarn), le 1er octobre 1822.

PRÉFACE

OU

AVIS AU LECTEUR.

En vous présentant mon Ouvrage, Cher Lecteur, j'ai cru devoir vous exposer ici les motifs qui m'ont engagé à l'entreprendre, et vous faire part en même temps des raisons qui m'ont décidé à le composer de la manière dont vous allez vous convaincre, lorsque vous voudrez bien en prendre connaissance.

Je ne suis ni poète, ni versificateur, et n'ai même jamais travaillé à le devenir, de quoi je suis très-repentant, par le désir que j'aurais aujourd'hui d'avoir été, dans le principe, initié dans cette science ; mais comment y remédier, et comment oser me flatter maintenant de faire quelque chose de beau dans cette partie, tandis que j'ai toujours vécu, à cet égard, dans la plus profonde ignorance des principes qui devaient naturellement m'y conduire. La chose me paraît impossible et le mal sans remède.

D'après cet aveu que je fais ici naïvement, Mon cher Lecteur, j'ai l'honneur de vous assurer que je ne me suis point occupé pendant ma jeunesse, ni dans le cours de mes études classiques, d'aucune espèce de poésie, et si j'ai lu quelques vers, ce n'a été que par hasard, ou bien par curiosité, plutôt que pour en profiter, en nourrir mon esprit, et en retirer quelque petit avantage.

Sous ce rapport, je n'ai jamais fait attention à la manière dont était traitée la versification française : je n'ai point même observé l'ordre que les auteurs suivaient dans leurs poèmes, et n'ai point examiné le choix et l'élégance des idées dont ils savent si bien les composer. Lorsqu'il m'en tombait quelqu'un sous la main, et que j'en prenais lecture, je sentais néanmoins que mon oreille en était flattée, que mon esprit jouissait d'un certain plaisir : j'y reconnaissais même quelque beauté, quelque noblesse de sentiment ; mais j'en demeurais là ; et tout adonné à l'étude des lois, du latin et de la musique, je ne poussais pas plus loin mon ambition et mes desirs : voilà la vérité.

Sur mes vieux ans, feuilletant un jour le livre de Goudelin, il me vint dans l'idée de faire à son exemple quelques vers dans le même langage. J'y travaillai en conséquence, et après les avoir mis au net, je les fis voir à certaines personnes qui m'en parurent assez contentes.

Une fête civique, qui fut célébrée à Rabastens, en 1820, le jour de Saint-Michel, me fournit l'occasion d'en faire quelques autres de la même manière : ces derniers étaient sur le ton comique, ils prêtaient assez à rire, et je crus reconnaître que mes concitoyens les voyaient et les lisaient avec assez de satisfaction.

Enhardi par leur approbation tacite, j'eus alors, je l'avoue, MON CHER LECTEUR, la vanité singulière et ridicule de me figurer que je serais assez habile pour en composer de nouveaux dans un autre langage, et crus tout bonnement qu'il ne me serait pas plus pénible de rimer en français, que je l'avais déjà fait en jargon languedocien.

Enivré de cette folle idée, sans connaître ce que j'allais faire, moins encore les difficultés que j'allais éprou-

ver , sans être même instruit des règles de la poéssie française , sans les avoir lues , les avoir étudiées , mais tout
rempli d'orgueil et d'amour propre , je forme le hardi
projet , malgré mon incapacité et mon insuffisance , de
composer en vers français un ouvrage quelconque : je ne
fus point embarrassé sur le sujet , tout me paraissait aisé
vu la bonne volonté que j'avais de l'entreprendre.

Etant néanmoins bien-aise qu'on ne m'accusât pas d'a-
voir pillé dans quelques poèmes déjà écrits, et qu'on de-
meurât convaincu que ce même ouvrage m'appartenait
en entier (comme étant dans le vrai sorti de ma tête),
je choisis de préférence la passion de Notre-Seigneur
Jésus-Christ, parce que après avoir bien cherché et bien
réfléchi, je ne pus découvrir aucun livre qui rapportât
en vers français cette histoire sacrée, ni trouver aucun
auteur qui eût ainsi traité cette importante matière.

Le projet conçu fut aussitôt mis à exécution ; pour
y parvenir, je lus attentivement , avec mûre réflexion ,
les quatre sermons de Bourdaloue, sur ce sujet, ainsi que
les deux de Massillon, celui de Bretonneau , de Larro-
che, de Segaud , de Torné , de Giroust , de quelques
autres , et marchant sur les traces de ces savans et res-
pectables auteurs , suivant les mêmes idées, imitant
leur marche, leurs expressions , leurs divisions , leur
forme , je pris la plume et parvins à produire trois mille
cent cinquante vers , qui composent le récit de la passion de notre divin Sauveur Jésus-Christ.

Afin de ne pas m'égarer dans mon travail , je ne vou-
lus avoir d'autre boussole que l'Ecriture Sainte et les
auteurs sacrés ecclésiastiques qui pouvaient y avoir quelque rapport. Je consultai à ce sujet les évangiles de St.

Mathieu , de Saint Marc , de Saint Luc , de Saint Jean, les pseaumes de David, les épîtres de Saint Pierre, celles de Saint Paul , les actes des apôtres , les œuvres de Saint Vincent Ferrier , du pape Saint Léon , de Saint Augustin , de Saint Jean-Chrysostôme ; les livres de la Genèse , du Lévitique , des Paralipomènes, des Nombres , des Rois , des Machabées , et les prophéties de Joël , de Jérémie, de Job , d'Isaïe , et de Daniel. Je citai à l'appui de mes vers , les passages que je crus être nécessaires pour soutenir ma diction, et me fis une loi rigoureuse de n'avancer aucun fait, aucune proposition , qui ne fussent déjà prouvés par ces vénérables pères dans leurs livres , chapitres , versets et tomes, auxquels je vous renvoie , MON CHER LECTEUR , suivant les notes numérotées , rapportées tout au long à la fin de ce livre , et citées dans ma production que j'ai l'honneur de mettre sous vos yeux.

Voilà mon idée , mes motifs , et les raisons qui me l'ont fait entreprendre , ainsi que j'ai eu l'avantage de vous l'observer au commencement de ce préambule.

L'explication que je viens de donner éclaircit déjà , par avance, toutes les objections et toutes les critiques qu'on pourra faire sur mon ouvrage. Je veux néanmoins en rapporter ici trois des plus principales, et j'y joindrai en même temps leur solution , ainsi que leur réponse.

1.º Pourquoi, me dira-t-on , rédiger la passion de Jésus-Christ en forme de sermon d'église , et ne point la faire paraître en chants versifiés , à l'imitation de la Henriade de Voltaire , du Lutrin de Boileau , du Vert-Vert de Gresset , du poème de la Religion de Racine , et de tant d'autres.

Je réponds à cela , qu'ayant puisé dans la lecture de

Bourdaloue, de Massillon, de Bretonneau, de Segaud, etc., que j'ai déjà cités, leur esprit, leur style, leur doctrine, j'ai voulu en tout point suivre leur exemple ; et que ne pouvant pas, par état, parler en public, ainsi que l'ont fait ces orateurs ecclésiastiques, je désire néanmoins donner, en mon particulier, aux vrais amis de la religion les mêmes avis et le mêmes documens que les prédicateurs de nos jours donnent fréquemment dans la chaire de vérité.

2.° On me demandera encore, pourquoi je n'ai point employé des expressions poétiques qui font l'ornement d'un beau sujet ? pourquoi je n'ai point mis au jour ces nobles fictions qui ravissent l'âme, et transportent l'imagination au suprême degré ; et pourquoi ma narration est si ordinaire, si prosaïque, et si peu relative à la grandeur, à la majesté du sujet que je traite ?

Je vais répliquer que, lorsque j'ai agi ainsi, je n'ai pas eu le projet de composer un poème, de me placer au même rang de Voltaire, de Racine, de Regnard, de Boileau, de Corneille, de Gresset, de l'abbé Delille, de la fameuse Deshoulières ; et comment aurais-je eu cette idée, ignorant à cet égard tout ce qu'il fallait savoir, mais que j'ai voulu tout uniment traduire en vers français la passion de Jésus-Christ, et raconter simplement en cette forme, ce que tant d'orateurs révérés nous ont transmis et nous transmettent encore en prose. Voilà pourquoi j'ai donné à mon travail le titre d'Instruction et non de Poème, pour faire entendre que mon ouvrage était à la portée de tout le monde, et qu'il avait été fait plutôt pour porter le cœur de l'homme à la connaissance des vertus chrétiennes, que pour exalter son esprit, le nourrir de chimères, et le conduire par des erreurs et des mensonges dans le séjour des nymphes, ou dans le palais des Muses. J'aurais, d'ailleurs, craint de m'égarer dans mon sujet, de le dégrader en me servant des expressions différentes de celles qui nous sont tracées dans les saints évangiles, et en suivant toute autre route que celle de la vérité et de la vertu ; d'animer ma verve poétique au point de représenter dans la chaleur de mon imagination Jésus-Christ mourant sur la montagne du Parnasse, au lieu de le faire expirer sur celle du Calvaire ?

Mais enfin, ajoutera-t-on en troisième lieu (car je finis ici mes objections), que sont en poésie comme en peinture, des images sans coloris, des allégories sans nerf, et des illusions qui ne peuvent guères frapper que par leur naturel.

Hélas ! mon cher lecteur ! de pareilles images sont de bien tristes rapsodies surtout en matière de religion. Ne nous égarons point, cherchons la vérité, et cherchons-la seule, sans affectation et sans art. D'ailleurs, est-il toujours certain qu'on puisse investir de feintes couleurs des sujets qui s'y refusent par eux-mêmes ! je ne le pense pas. Et en effet, quel merveilleux à invoquer dans le récit de la passion, quels grands ressorts faire agir pour animer toute notre confiance envers un Dieu souffrant ? quelles plus belles choses à dire ? quelles pensées plus énergiques et plus sublimes à employer que celles que nous recueillons dans les écrits des quatre évangelistes, et de tant d'autres pères et docteurs de l'église, qui se sont acquis par leur sagesse, leur sagacité et leurs lumières une si glorieuse réputation : je n'en trouve point. Ainsi, malgré que de telles idées nous jettent dans le désespoir lorsque nous nous trouvons sans force auprès de ces grands modèles ; il est toujours beau, toujours glorieux de lutter corps à corps avec eux , et chaque difficulté vaincue passe bientôt aux yeux de tous pour un noble triomphe.

Il était donc de mon devoir, mon cher lecteur , j'ajoute même qu'il était indispensable pour moi de vous faire part des motifs et des raisons qui m'ont décidé à prendre la plume , pour retracer en vers français les souffrances de notre divin maître ; vous en sentez assez la nécessité : ainsi , lorsque avec de faibles talens , doué de très-petits moyens , manquant d'érudition , plus encore de science , nullement instruit de bien des choses qui auraient pu m'être utiles , j'ai commencé un ouvrage que l'ambition que j'avais de le finir ne m'a pas fait paraître au-dessus de mes forces , je ne suis point tout-à-fait blâmable ; et si , comme c'est déjà assuré , que j'en suis même convaincu par avance , je n'ai pas l'avantage de plaire à tout le monde , on me donnera au moins la gloire d'avoir été assez courageux pour hasarder un travail long , difficile et pénible , qu'aucun auteur , aucun poète connus , n'ont jusques ici tenté d'entreprendre.

Après avoir suffisamment développé dans la première partie de mon instruction , les souffrances de Jésus-Christ dans le jardin des Oliviers , avoir démontré dans ma seconde celles qu'il ressentit dans la ville de Jérusalem , et détaillé dans la troisième les dernières qu'il éprouva sur le mont du Calvaire , j'ai pensé que m'étant attendri sur le sort malheureux du Fils , je devais encore payer un juste tribut de regrets à la situation déplorable de la Mère ; c'est aussi dans cette intention que j'ai voulu insérer à la fin de cette troisième partie la complainte *Stabat Mater* , que j'ai paraphrasée en entier, et qui compose dix strophes de huit vers chacune. J'ai cru que cette belle prose qui retrace les peines , les angoisses mortelles dont fut accablée la sainte Vierge , en voyant notre adorable **Sauveur** expirer sur la Croix, pourrait figurer dans mon ouvrage, et qu'il n'était pas hors de propos de ranimer par les belles idées qu'elle renferme la ferveur, la piété, le respect des véritables serviteurs de Marie. J'y ai joint encore une prière à Jésus-Christ, tirée du pseaume 85, *Inclina*, *Domine*, *aurem tuam*, que j'ai entièrement traduit, et sur lequel j'ai fait plusieurs paraphrases en vers qui complètent la troisième partie de mon instruction.

Enfin, j'ai terminé mon travail par une péroraison relative au Crucifix que les prédicateurs sont dans l'usage de montrer à l'auditoire à la fin de leurs discours, et après y avoir exprimé les sentimens de compassion, d'amour, de reconnaissance dont nous devons être animés à l'égard de ce Dieu Rédempteur, je finis par une invocation à la Croix, une seconde au sacré Cœur de Jésus, et une troisième à Jésus lui-même, pour lui demander avec effusion de cœur les grâces qui nous sont nécessaires pour mériter, obtenir et jouir avec lui dans le ciel d'une gloire immortelle.

Tel est, Mon cher Lecteur, le plan et la division de l'instruction en vers français que j'ai l'honneur de soumettre à votre lecture et à votre jugement ; je désire de grand cœur que vous en soyez satisfait, et qu'elle reçoive votre approbation ; si je ne puis l'obtenir vous me saurez au moins bon gré d'avoir fait tous mes efforts pour la mériter, me rendre digne de votre suffrage, vous prouver mon zèle, ma bonne intention, et vous convaincre en même temps que si j'ai eu le malheur de ne pas avoir bien fait, c'est parce que la modicité de mes talens, la faiblesse de mes moyens ne m'ont pas absolument permis de mieux faire.

INSTRUCTION

EN VERS FRANÇAIS

SUR LA PASSION

DE NOTRE-SEIGNEUR JÉSUS-CHRIST.

TEXTE.

*Ipse vulneratus est propter iniquitates nostras,
attritus est propter scelera nostra; disciplina pacis
nostræ super eum, et livore ejus sanati sumus.*

Il a été percé de plaies pour nos iniquités ; il a été
brisé de coups pour nos crimes : le châtiment qui devait nous procurer la paix est tombé sur lui, et nous
avons été guéris par ses meurtrissures.

Ces paroles sont prises du livre du prophète Isaïe,
chapitre LIII, verset 5.

AVANT-PROPOS.

Adorateurs de Dieu, la foi, dans mes écrits,
Vient répandre sa grâce et ses charmes bénits.
Je l'entends me parler le doucereux langage,
Dont jadis Isaïe avait reçu l'hommage.
Fidèle à cette voix, honoré de ce don,
Je le dépose aux pieds du vainqueur de Sion.
Non, que chantant sa mort sur le ton d'un Virgile,
J'ose me croire égal au célèbre Delile,
Lorsqu'en vers langoureux ou froidement altiers,
Sur les pas de Milton il marche des premiers;
Soit qu'auprès de Satan il peigne l'innocence,
Soit encor que de l'homme animant l'ignorance,
Il arrache des pleurs, doux tribut du pouvoir
Qu'a sur nous le poète en son feint désespoir.
  Mais beaucoup moins hardi, moins fécond, moins sublime,
Je craindrais, si j'osais trop enrichir la rime,
D'avilir mon héros, ses grandeurs, ses vertus :
Quand on célèbre un Dieu, l'orgueil n'est déjà plus.
Trop heureux toutefois si par de saintes larmes,
Des soupirs, d'un transport, d'un seul instant d'alarmes,
L'on recueille le fruit d'une sainte chaleur,
Que l'aspect des tourmens enfanta dans mon cœur.
Je frissonne obligé d'ensanglanter ma plume
Pour les retracer tous : hélas! un feu consume
Ces mots que, téméraire en mon vol exalté,
Je lis sur l'étendard de la sainte Cité.
Crux, ave : quelle main; oui, quelle main impie
Les grava sur ce bois élevé par l'envie?

Toi seule ! offre à mes yeux au jour du repentir ,
L'hymne de la douleur , un fatal souvenir ;
Et dans nos temples saints où des vitraux antiques ,
Des voûtes en suspens, des monumens tragiques ,
Montrent de nos aïeux la vénération ,
La piété sincère et la religion,
Jamais je n'entendis raisonner ce cantique ,
Sans me sentir saisi d'une frayeur mystique.
Je croyais voir encor le mont des Oliviers ;
J'errais sur le Calvaire au milieu des guerriers
Dont la foule attachée aux traces d'un seul homme ,
Pour la première fois parjurait contre Rome.
J'examinais de près des cloux , des fers , des dards ,
Je découvrais Pilate au milieu des poignards ,
Cherchant mille détours pour sauver l'innocence ,
Prévenu néanmoins par trop de complaisance ,
Je le voyais frémir au moment de dicter
La sentence qu'un jour il voudrait rétracter.
    Cependant je poursuis, j'aperçois le supplice ,
Où cent mille bourreaux que dut armer le vice,
Offrent à la vertu le vinaigre et le fiel ,
Dont fut rassasié le Fils de l'Eternel.
Enfin , je vois ce peuple aveuglé sur son crime ,
Dans des hymnes de mort présenter la victime
D'un délit que nos cœurs souffrent sans murmurer.
Race impure ! gémis, un Dieu va pardonner.
    Mais , qu'entends-je ? quels cris, quelles si tristes plaintes
Raisonnent en ces lieux, quelles sont ces complaintes ?
C'est la voix d'Isaïe, écoutons ses accens ,
Lisons encor son texte, expliquons-en le sens.

Ipse vulneratus est propter iniquitates nostras : etc....

EXORDE.

Jésus-Christ est celui dont parle le prophète,
Qui de sa passion se montrant l'interprète,
Nous dit formellement dans son texte sacré,
Le sujet pour lequel ce Dieu fut massacré.
Il retrace les maux dont les Juifs l'accablèrent,
Dépeint les coups de fouets dont ils le fustigèrent,
Les chaînes, les liens qui l'avaient abîmé,
Tant de vexations qui l'avaient opprimé ;
Son visage couvert de crachats et d'ordures,
Frappé par des soufflets, meurtri par des blessures,
Et ses pieds et ses mains transpercés par des fers,
Que forgèrent des gens vomis par les enfers :
Sa tête par mépris d'épines couronnée,
Ruisselante de sang, vers la terre inclinée ;
Ses yeux noyés de pleurs, obscurcis, demi-morts,
Tristes, anéantis autant que tout son corps ;
Et son extérieur abattu de tristesse,
Affaissé de douleur, succombant de faiblesse.

Le rapport qu'il en fait se montre ressemblant
Au portrait de Jésus, tout paraît si parlant,
Tout est si bien narré, tout est si comparable,
L'ordre si bien suivi, même si remarquable,
Que quiconque lira le chapitre cité,
Conviendra qu'Isaïe a dit la vérité.

Pécheurs invétérés ! Ce tableau vous regarde ;
L'auteur qui vous écrit n'écrit point par mégarde.
Le prophète vous parle, et dit naïvement,
Que votre iniquité, votre dérèglement,

Que votre mauvais cœur, votre affreuse malice,
Votre corruption, votre dure avarice,
Ont préparé les coups que l'aimable Jésus
A souffert sur son corps, et qu'il a soutenus ;
Qu'il a même enduré des peines très-cruelles,
Des tourmens inouis, des souffrances mortelles,
Et que pour votre amour il voulut par son choix,
Répandre tout son sang sur l'arbre de la croix.

Humiliez-vous donc (1) frappez votre poitrine,
Implorez au plutôt la clémence Divine,
Afin que le Seigneur veuille vous accorder
Le pardon des péchés qu'il faut lui demander.
Et soyez attentifs, écoutez en silence,
Le récit douloureux de toute la souffrance
D'un Dieu, qui par excès de sa grande bonté,
S'est vu pour vos délits vivement maltraité ;
Qui d'ailleurs innocent, et toujours impeccable,
Voulut prendre sur lui la peine du coupable.

De quels grands sentimens serez vous affectés,
Lorsqu'on vous dépeindra les noires cruautés,
Les persécutions et la conduite atroce,
Exercés sur Jésus par un peuple féroce ?
Que vous serez hélas ! contristés et surpris,
Que vous livrerez même à de sanglans mépris,
Ces malheureux, ingrats, cruels, abominables,
Et crierez bien haut qu'ils sont tous condamnables.

La faute vient de vous, soyez-en convaincus ;
Et croyez fermement que si ce doux Jésus
Poursuivi par les Juifs fut en butte à des peines,
Dévoré de chagrins, et surchargé de chaînes,
C'était pour opérer votre rédemption,
Et vous convaincre encor de son affection.

Reprenons maintenant le fil de notre histoire,
Sur l'incrédulité remportons la victoire.
Mais pour y réussir, divisons en détail
Par trois points principaux les faits et mon travail.

Le premier parlera de toutes les souffrances,
De la sueur de sang, de tant de violences,
Qu'au mont des Oliviers pour son premier tourment,
Le Sauveur ressentit intérieurement.

Le second traitera des actions terribles,
De tant de coups donnés, des peines plus sensibles,
Dont il fut accablé dans la cité de Dieu,
Ville infâme, maudite, abominable lieu.

Nous finirons enfin, en parlant du Calvaire,
Local rempli d'horreur, montagne funéraire,
Où chargé de sa croix Jésus-Christ fut mené,
Poussé par ses bourreaux, par le peuple entraîné,
Où ce divin Sauveur toujours inimitable,
Rendit l'esprit au ciel pour sauver le coupable.

Voilà tout mon dessein, et voyez le projet
Qui de sa passion fera le vrai sujet.
Résumons point par point toute cette matière,
Et sans plus de retard expliquons la première.
Avant de commencer tournons-nous vers la croix,
Et disons à genoux d'une commune voix :

    » Ô Croix ! divine Croix, notre unique espérance !
» Vers vous sont tous nos vœux et notre confiance.
» Abaissez vos regards sur notre piété,
» Contemplez nos soupirs et notre humilité.
» Vous serez désormais notre plus doux partage,
» Notre ferme soutien, notre riche héritage,
» Notre seule ressource, et vous ferez encor
» Notre plus doux bonheur, notre plus cher trésor.

» Dans nos égaremens veuillez nous être un guide ,
» Nous suivrons votre loi , fût-elle plus rigide.
». Nous en faisons serment : Ah ! recevez nos vœux ,
» Ils sont dans notre cœur , ils ne sont point douteux.
» Nous avons tous péché , nous sommes très-coupables ,
» Nos crimes, nos défauts, nous rendent méprisables ;
» Mais nous en concevons une vive douleur ;
» Grâce , Croix de mon Dieu ! pardonnez au pécheur.
» Aujourd'hui de Satan nous sommes l'apanage ,
» Nous briserons les fers d'un si rude esclavage ;
» Nous vivrons sous vos lois , mourrons dans votre amour,
» Et nous vous bénirons chaque heure , chaque jour :
» Augmentez dans nos cœurs cette belle promesse :
» Faites-la triompher , malgré notre faiblesse ,
» Afin que par la Croix nous puissions dans le ciel
» Goûter le doux repos du bonheur éternel.

O Crux, ave.

PREMIÈRE PARTIE.

Souffrances de Jésus-Christ dans le Jardin des Oliviers.

Déjà depuis long-tems les prophètes sacrés ,
De l'esprit tout divin saintement inspirés ,
Avaient de Jésus-Christ annoncé la naissance,
Les souffrances , la mort et la toute-puissance.

Pour être plus frappés de cette vérité ,
Des oracles écrits fouillons l'antiquité ;
La preuve émanera de la sainte Ecriture ,
Et sera mieux encor hors de toute censure ;
Mais comme je ne veux parler dans le moment ,
Que de Jésus en croix , que de Jésus mourant ,
Consultons de David les pseaumes et le texte ,
Les faits seront certains , sans doute , sans prétexte.

   Dans le pseaume vingt-un , article dix-huit ,
Et l'article vingt-six , pseaume soixante-huit ,
Le prophète royal y parle des souffrances ,
Des cruels traitemens , des grandes violences ,
Exercés sur Jésus par les juifs irrités ,
Par autant de bourreaux et soldats révoltés ,
Tant dans Jérusalem que sur le mont Calvaire ,
Où l'entraîna par force un peuple sanguinaire.
Il rapporte sa mort dans toute sa clarté ,
Narre sa passion sans ambiguïté ;
Sa robe mise au sort (1), le violent breuvage
De vinaigre et de fiel dont on lui fait hommage , (2)
Et ses pieds et ses mains transpercés par les cloux ,
Enfoncés dans la croix par un peuple en courroux. (3)
Ce récit fait frémir , mais il est véritable ,
Qui voudrait en douter serait bien condamnable.

   Déjà très-convaincus que les livres sacrés ,
En parlant de Jésus se sont bien déclarés ,
Nous devons révérer leur noble témoignage ,
Digne de tout respect , digne de tout suffrage ;
Et certains qu'il devait un jour mourir pour nous ,
Qu'il fut même envoyé pour nous racheter tous ,
Retraçons aujourd'hui ses vives doléances ,
Les persécutions , les pénibles souffrances

Dont il fut accablé dans ce triste local
Du mont des Oliviers qui lui fut si fatal.

   Jésus ayant à cœur de finir son ouvrage,
Afin de retirer l'homme de l'esclavage,
Apercevant de loin l'heure de ses tourmens,
Qui lui procureraient mille cruels momens,
Fit la cène dernière avec ses chers disciples, (4)
Et leur recommanda d'être doux et paisibles ;
Mais tandis qu'il mangeait il parut contristé,
Et d'une vive peine il semblait agité ; (5)
Désirant néanmoins d'en dévoiler la cause,

   » Mes amis, leur dit-il, écoutez une chose
» Qui m'afflige beaucoup, qui trouble mon esprit,
» M'affecte infiniment, et me rend interdit.
» J'ai la douleur de voir que parmi douze frères,
» Réunis avec moi, comme autant de confrères,
» L'un de vous, sans pudeur, bientôt s'avilira,
» Mettra ma tête à prix, enfin me trahira. » (6)

   Les apôtres surpris, et n'osant même croire,
Qu'aucun d'eux eût une âme assez vile, assez noire
Pour aller se livrer à de pareils forfaits,
Et se montrer ingrat aux généreux bienfaits
Dont les avait nourris ce Sauveur adorable,
Se demandaient entr'eux quel serait le coupable,
Qui pourrait entreprendre une telle action, (7)
Et se couvrir de honte et d'exécration ?

Quoi ? Seigneur, dit chacun, plongé dans la tristesse,
Mon cœur pourrait avoir cette scélératesse !

   Jésus leur répondit : « Celui qui dans le plat
» Met la main avec moi, sera cet apostat,
» Qui, dans le même jour, organisant sa trame,
« Acomplira sur moi sa trahison infâme. (8)

» Ainsi le Fils de l'homme ira tout à l'instant

» Subir son triste sort , quoiqu'il soit innocent. (9)

» Mais malheur à celui par qui ce Fils de l'homme

» Sera si maltraité pour quelque vile somme , (10)

» Il aurait mieux valu qu'il ne fût jamais né ,

» Pour éviter l'opprobre , et s'y voir entraîné. (11)

 Le perfide Judas, écoutant en silence

Cet oracle terrible, eut assez d'impudence ,

Pour prendre la parole, et dire insolemment ,

Serait-ce moi , mon maître ? (12) *Oui , vous certainement ,*

Lui répondit Jésus, *qui commettrez ce crime ,*

Et de votre noirceur me rendrez la victime. (13)

 Après quoi , le Sauveur quittant ses vêtemens ,

Plus calme, plus tranquille, et maître de ses sens , (14)

Prend un linge , s'en ceint, et se levant de table,

Voulut faire en ce jour un acte charitable·

Il verse au même instant de l'eau dans un bassin ,

Lave de ses amis les pieds avec sa main , (15)

Les essuye aussitôt, disant : « Mes chers disciples, ·

» A tout ce que je fais vous paraissez sensibles ,

» Vous m'appelez toujours votre maître, et Seigneur ,

ᔰ Je le suis, il est vrai, pour votre grand bonheur.

» Si je lave vos pieds, quoique étant votre maître (16, 17)

» Et votre doux Sauveur, je veux faire connaître

» Qu'on ne doit point rougir d'en faire tout autant ,

» Mais qu'il faut être humain, affable, complaisant ,

» Pour se prêter secours les uns avec les autres.

» Vous êtes mes amis, vous êtes mes apôtres,

» Je vous donne l'exemple , et faisant comme moi ,

» Agissez de bon cœur, soyez de bonne foi. (18)

 En finissant ces mots il se remet à table,

Prend du pain et du vin , un ton plus respectable,

Il bénit à leurs yeux le pein comme le vin , (19)
Convertit cette cène en banquet tout divin ,
Institue à jamais la Sainte Eucharistie ,
Là presente à ces douze , enfin les communie.

Toutefois , dit Jésus , *que vous ferez ceci ,*
Et que présentement , je viens de faire ici ,
Vous vous rappellerez qu'il faut à ma mémoire ,
En rapporter l'honneur , l'action et la gloire. (20)
Nourri de cette chair , abreuvé de ce sang
L'hypocrite Judas se lève de son banc, (21)
Fuit devant son Sauveur, quitte la compagnie ,
Va poursuivre sa rage, et son ignominie.

Mais Jésus ne dit rien , le laissant à son choix
Consommer son caprice , et sa haine à la fois.
Il s'entretint ensuite avec ses onzes frères ,
Dont les affections paraissaient plus sincères ,
Et par une sublime et sage instruction ,
Il leur donna sa paix (22) , leur prêcha l'union , (23)
Il leur ouvrit son cœur, leur fit part de ses peines ,
Leur observa surtout d'éviter toutes haines ,
Toute discorde entr'eux, mais de vivre toujours
en bons et vrais amis, jusqu'à leurs derniers jours. (24)
» Soyez, ajouta-t-il, soyez humbles , honnêtes,
» Agissez prudemment dans tout ce que vous faites.
» Comme je vous chéris, chérissez votre Dieu ,
» Soyez-lui dévoués , à toute heure , en tout lieu.
» Payez mon amitié d'un retour bien sincère,
» C'est moi qui vous le dis , moi qui suis votre Père ,
» Et votre protecteur , et votre ferme appui ,
» Ecoutez donc ma voix qui vous parle aujourd'hui.
» Respectez mes avis, rendez-vous-y fidèles ,
» Mettez-les à profit , n'y soyez point rebelles.

» Si vous avez pour moi quelque inclination,
» Vous garderez les lois de ma religion ; (25)
» Et pour récompenser votre amour ; votre zèle ,
» Vous ranimer encor d'une ferveur nouvelle ,
» L'esprit consolateur viendra vous visiter ,
» Régnera parmi vous pour mieux vous assister. (26)
» Nourris , fortifiés par la grâce céleste.
» Vous n'aurez plus à craindre aucun pouvoir funeste ,
» Et pour ne pas vous voir comme des orphelins , (27)
» Je serai toujours prêt à remplir vos desseins :
 » Mais , n'allons pas plus loin , chers amis et chers frères ,
» Je termine à l'instant et ne parlerai guères. (28)
» Le prince de ce monde est déjà près de nous ,
» Il s'avance à grands pas , finissons , levez-vous. (29)
» Voilà ce que j'avais en ce jour à vous dire ,
» Et ce dont il fallait aujourd'hui vous instruire :
» Gardez-vous d'oublier mes utiles leçons ,
» Gravez-les dans vos cœurs , oui , c'est assez , sortons. (30)
 Après ce beau discours ils quittèrent la table ,
Et l'aimable Sauveur toujours très-charitable ,
S'entretint avec eux en suivant le chemin
Du mont des oliviers qui conduit au jardin. (31)
Il prit Pierre avec lui , marchant avec deux autres ,
Il se tint assez loin du reste des apôtres. (32)
Lorsqu'il y fut entré , la tristesse l'ennui ,
La crainte , le chagrin s'emparèrent de lui. (33)

 Ah ! ce ne sera point de ces peines vulgaires ,
Qu'éprouvent quelquefois des hommes ordinaires.
Jésus va bien plus loin. Il voit devant ses yeux
Les mauvais traitemens , les supplices affreux
Qui vont l'anéantir , les traits qu'on lui prépare ,
Et l'endurcissement de son peuple barbare.

Il ne s'offre à ses yeux, il ne voit devant lui
Aucun objet flatteur qui lui serve d'appui ;
Mais il voit clairement dans cette solitude,
De ces pharisiens la noire ingratitude.
Il voit les sénateurs, les docteurs de la loi,
Les prêtres et les juifs, qui, violant leur foi,
Trament de noirs complots, forment des assemblées,
Le plus secrètement conduisent leurs menées,
Prennent mille détours, pour que pendant la nuit,
Il soit fait prisonnier sans tumulte et sans bruit. (34)

    Il voit aussi le chef de ses douze disciples,
Procurer à son cœur des peines bien sensibles,
Mentir jusqu'à trois fois pour se justifier,
Faire mille sermens pour mieux le renier. (35)

    Il aperçoit de loin le plus ingrat des hommes
Mettre sa tête à prix, et traiter sur les sommes
Qu'il entend recevoir pour être un renégat,
L'esclave de Satan, le plus grand scélérat. (36)
C'est ce traître Judas, oui, cet apôtre infâme,
Qui lui perce le cœur, qui déchire son âme.

    Ce qui l'afflige encor, ce qui l'anéantit,
Qui le fait tressaillir, qui trouble son esprit,
C'est l'infidélité de tous ses douze frères,
Dont les assertions ont été peu sincères ;
C'est les clameurs des Juifs, les soldats effarés,
Le peuple contre lui, les prêtres conjurés.
Tant d'accusations, tant de faux témoignages,
D'un cœur malicieux infaillibles présages.
Calomnie et mépris ; blasphêmes, lâcheté,
Humiliations, épines, nudité,
Soufflets, breuvage amer, marteaux, lance perçante,
Cloux, flagellation, une croix accablante.

Oui, depuis le baiser que le fourbe Judas
Lui fit dans le jardin, le serrant dans ses bras,
Jusques au coup de dard qu'un soldat mercenaire
Enfonça dans son cœur sur le mont du Calvaire,
Tout ce qu'il va souffrir est présent à ses yeux,
Et lui dépeint encor des fantômes hideux.
Ces objets effrayans obscurcissent sa vue,
Sa destination devient irrésolue.
Il se lève, il s'asseoit, il ne se connaît plus,
Il est anéanti, ses sens sont éperdus.
Oh! que tous mes momens sont devenus pénibles,
Dit-il, en s'adressant à ses trois chers disciples,
La tristesse, l'ennui, feront jusqu'à ma mort,
Mes tourmens, mon malheur : voilà mon triste sort. (37)
Le mal qu'il va souffrir, le traitement barbare
Qu'on médite déjà, que dès-lors l'on prépare,
Peuvent bien le troubler, lui causer de douleur,
Mais un plus grand motif lui déchire le cœur.
Quoiqu'il soit innocent on le croit grand coupable,
Et sans avoir rien fait il paraît condamnable.
Ce n'est que par amour pour son peuple chéri,
Par prédilection pour l'homme favori,
Qu'il porte sur son corps tous les péchés du monde ;
Malgré tout cependant faut-il qu'il en réponde ?
S'il jette ses regards sur les siècles futurs,
Il y voit des objets qui ne sont pas plus purs.
La terre après sa mort n'enfantant que des crimes,
Teinte du sang humain, couverte de victimes,
Les habitans sans mœurs et sans religion,
Vivant tous dans l'opprobre et la désunion,
Pour qui son sang versé sera très-inutile,
Ses exemples, ses lois, et son saint évangile.

S'il regarde le ciel il est moins satisfait,
C'est son père irrité, son père qui paraît
Armé des instrumens de sa fureur terrible,
Et ce moment cruel lui devient très-pénible.
Ce n'est pas tout encor, les regards furieux
Qu'il lance en le fixant lui font baisser les yeux.
Ce père si chéri, maintenant redoutable,
Loin de le consoler le désole, l'accable,
Surtout lorsqu'il découvre, et lui montre soudain
Le calice fatal qu'il porte dans sa main,
Calice tout amer qu'il doit par pénitence,
Boire jusqu'à la fin malgré sa répugnance.

Ah! c'est dans ce moment qu'abattu de frayeur,
Eperdu, consterné, succombant de douleur,
Sa voix devient muette, et ses forces s'éteignent,
Ses sens anéantis sur son front se dépeignent.
Défaillant, sans chaleur, sans aucun mouvement,
Privé de tout moyen, dans le délaissement,
Il ne conserve plus que ce reste de vie,
Qui le fait subsister pendant son agonie (38).
Une sueur de sang jaillit de tout son corps (39),
La terre qui la boit en rougit au dehors.
Il mourrait dans l'excès de sa douleur amère,
Si cet ange du ciel envoyé par son père,
N'accourait aussitôt afin de le calmer,
Soutenir son courage, et mieux le ranimer.
Ce secours à propos d'abord le fortifie,
Lui donne de l'ardeur, soudain le vivifie (40).
Bientôt il se relève, il reprend ses esprits,
Que cette vision rendit plus affermis.

Mais, quel étonnement à mes yeux se présente?
Jésus ouvre la bouche, et d'une voix mourante,

Mon père, lui dit-il, *veuillez me dispenser*.
De boire ce calice, et daignez m'exaucer (40 *bis.*)
Il répète trois fois cette même prière,
En l'adressant aussi par trois fois à son père.

    « Et quoi ! Verbe divin, Verbe tant attendu,
» Vous vous êtes fait chair, vous êtes descendu
» Du sein de votre gloire en venant sur la terre,
» Nous y porter la paix, y détruire la guerre,
» Et consommer encor cette rédemption
» Promise à l'univers par votre caution.
» Votre vie à jamais pauvre, laborieuse,
» Souvent persécutée, et toujours malheureuse,
» A servi de modèle à tout le genre humain
» Qui vous a proclamé son maître souverain ;
» Et malgré vos desseins et votre patience,
» Pouvez vous aujourd'hui frustrer notre espérance ?
» Avant tous vos chagrins ne désiriez-vous pas
» De souffrir sur la croix, d'expirer dans ses bras ?
» Vous l'avez dit souvent, vous le disiez encore,
» Et ce langage saint, oui notre cœur l'adore.
» Comment s'accompliront en faveur de nous tous,
» Les oracles sacrés qui parlent tant de vous ?
» Voulez-vous renoncer à ce sacré baptême,
» Ce baptême de sang que vous témoigniez même
» Etre dans les tourmens jaloux de recevoir,
» Cet objet de vos vœux qui faisait votre espoir,
» Et que vous recherchiez avec impatience,
» Avec tant de plaisir, et de persévérance ?
» Allez-vous en ce jour faire diversion,
» Eviter votre croix et votre passion ?
» Abandonnerez-vous au démon votre empire ?
» Jouira-t-il du droit de venir le détruire ?

» Pourra-t-il entrouvrir les enfers sous nos pas ?
» Serons-nous pour jamais esclaves dans ses bras ?
» Le verrons-nous enfin agir de telle sorte,
» Que vous entriez au ciel sans nous ouvrir la porte? »
    Mais, où suis-je égaré? bannissons nos chagrins,
Ne soyons plus tremblans sur nos heureux destins.
Lorsqu'avant sa douleur Jésus faisait l'offrande
De sa vie et sa mort, et qu'ensuite il demande
De se voir délivré de cette passion,
Qui devait opérer notre rédemption,
Il nous montre déjà que par obéissance , .
Que par profond respect, que par condescendance,
Il reçoit de son père, et boit sans hésiter,
Le calice fatal qu'il vient de lui montrer.
Il veut nous faire voir en s'attristant lui-même,
Par l'effet merveilleux de son pouvoir suprême,
Que sa divinité n'ôte point la douleur,
Les sentimens plaintifs, les peines, leur rigueur ;
Que cette résistance est naturelle à l'homme,
De sa grande faiblesse infaillible symptôme.
Et qu'enfin malgré lui, malgré son grand effort,
Il ne peut éviter la crainte de la mort.
Il veut sécher les pleurs des âmes affligées,
Qui sont au désespoir lorsqu'elles sont tentées,
Si malgré leur prière et leurs désirs ardens,
Le ciel se montre sourd à leurs plaintifs accens.
(Ah! *persistez , et Dieu vous donnera la gloire*
Sur vos tentations de gagner la victoire.)
Son désir est enfin d'apprendre aux malheureux,
Qu'il leur est plus utile et plus avantageux
D'éprouver des revers, de sentir des disgrâces,
Que pour eux l'Eternel rendra très-efficaces ,

En les associant au rang de ses amis ,
S'ils veulent les souffrir avec un cœur soumis.

Après qu'il eut vaincu ses vives répugnances ,
Et qu'il eut fait au ciel ses humbles doléances ,
Il finit sa prière , et dit : *Mais cependant*
Que votre volonté s'accomplisse à l'instant. (41)

Si nous suivons , Chrétiens , cet exemple admirable ,
A Dieu notre oraison sera très-agréable.
Ne nous rebutons pas , prions avec ardeur ,
Avec persévérance et plus grande ferveur.

Tandis que Jésus-Christ éprouve tant d'alarmes ,
Qu'il nage dans son sang , qu'il verse tant de larmes ,
Ses apôtres au moins voudront le soulager ,
S'approcheront de lui , viendront l'encourager.

Hélas ! le croiriez-vous ? oh ! c'est un phénomène :
Ces disciples chéris , au sortir de la cène ,
Témoignent à leur maître un grand attachement ,
Une estime sincère , un grand dévouement ;
Ils jurent par leur Dieu qu'ils lui seront fidèles ,
Que leurs cœurs à sa voix ne seront point rebelles ,
Et que jusqu'à la mort ils seront très-flattés
De remplir ses desirs , suivre ses volontés.

Les voilà maintenant tous couchés sur la terre ;
Ils sont même endormis , sans en excepter Pierre. (42)
Il faut que le Sauveur aille jusqu'à trois fois
Leur parler , leur crier , et qu'ainsi par sa voix
Il rompe leur sommeil. (Pendant ces entrefaites ,
Judas entre au jardin pour suivre ses conquêtes.)
Levez-vous , leur dit-il , *et partons à l'instant* ,
Celui qui me trahit marche vite en avant. (43)

Mais que fera Jésus ? hélas ! quelle conduite
Tiendra-t-il vis-à-vis cet infâme hypocrite ?

Voudra-t-il déjouer son horrible complot ,
Confondre , anéantir ce méchant , faux dévot ,
Ou bien paralyser la sacrilège escorte ,
Pour terrasser soudain cette vile cohorte ?

Non , ce Dieu veut mourir sur l'arbre de la croix ;
Les Juifs de ce supplice ont déjà fait le choix.
Aussi d'un pas rapide il devance la troupe ,
Qui le voyant venir autour de lui s'atroupe.
Il lui parle et lui dit : *quel est votre désir ,*
Est-ce moi , ce Jésus , que vous voulez saisir ? (44)
Ne rougissez-vous point d'être armés de la sorte ?
C'est pour prendre un voleur qu'on appelle main-forte ;
Mais je ne suis point tel ; (45) *vous m'avez vu toujours*
Dans le temple de Dieu prononcer mes discours : (46)
Votre heure est donc venue , et l'esprit de ténèbres
Suscite dans vos cœurs tous ces complots funèbres. (47)
Parlez , expliquez-vous , dites naïvement
Quel est le vrai motif de cet attroupement ?

Les soldats étonnés ne savent que répondre ;
Jésus pour un moment a voulu les confondre.
Ils se jettent à terre , ils tombent éperdus,
Ils sont tout étourdis, et demeurent confus. (48)
Que, voulez-vous de moi ? reprend ce divin maître ,
En parlant à Judas , à cet infâme traître.

Les soldats à ces mots beaucoup moins alarmés ,
Moins saisis de frayeur , beaucoup plus animés ,
Jésus de Nazareth est celui que sur l'heure
Nous voulons, disent-ils, *arrêter sans demeure.* (49)

Cet apôtre aussitôt, ce brigand, ce voleur ,
S'approche de Jésus, la haine dans le cœur ,
Et sans respect pour lui , dévoilant l'imposture ,
Souille par un baiser son auguste figure. (50)

« Apostat malheurenx ! exécrable Judas !

» Dans l'ombre de la nuit tu marches à grands pas.

» Possédé du démon tu t'avances, perfide,

» Pour donner à Jésus un baiser parricide :

» Sans être consterné, peut-on penser à toi ?

» Te saurait-on nommer sans avoir de l'effroi ?

» Quel crime à ta noirceur peut être comparable ?

» Enfer, viens engloutir son âme abominable !

» Fais que pour le punir il soit son vrai bourreau ;

» Et vous cruels vautours, servez-lui de tombeau !

» Voilà ce que mérite une telle furie,

» Jamais il n'exista pareille barbarie.

Justement indignés de cet horrible trait,

Outrés de cet affreux et violent forfait,

Vous pensez que Jésus, quoique bon, quoique aimable,

Repoussera bien loin ce mortel détestable,

Qu'il se déchaînera contre ce malheureux,

Et qu'en fixant sur lui ses regards lumineux,

Il va tout à l'instant, et comme un coup de foudre,

L'écraser, l'opprimer et le réduire en poudre.

Tel serait le désir d'un homme sans raison,

D'un fier, vindicatif, et sans religion,

Si Dieu, pour l'animer, approuvant sa vengeance,

Voulait le revêtir de sa toute-puissance.

Mais Jésus pourrait-il se montrer quelquefois,

Sage, doux, bienfaisant et cruel à la fois ?

Non, non, très-chers chrétiens, vous diriez qu'il tolère,

Ou commande, et prescrit toute cette colère.

Lui qui vient ici bas pour y prêcher la paix,

Rétablir l'union, répandre des bienfaits ;

Qui veut également proclamer l'indulgence,

Et prescrire des lois pour pardonner l'offense,

Il n'écoutera pas son indignation ;
Mais son cœur plein de grâce et de compassion
Supporte avec douceur cet affront, cette insulte,
Quoi qu'en pense le monde, et quoi qu'il en résulte.

Mon ami, lui dit-il, *quel est votre projet,*
Pourquoi venir ici, dites m'en le sujet ? (51)
Un baiser de la paix est le meilleur symptôme,
Et vous en abusez contre le fils de l'homme ?
Un baiser des amis marque la liaison,
Et le faites servir à votre trahison ? (52)

O prodige charmant, prodige de clémence,
Prodige de bonté, d'amour, de patience !
Que ce tendre reproche est bien digne d'un Dieu,
Qui daigne s'abaisser pour faire un tel aveu !
Nous y voyons ici cet esprit charitable,
Cet esprit de candeur, cet esprit tout aimable,
Que ce divin modèle est venu nous prêcher,
Et que par son exemple il veut nous inspirer.
C'est encor cet esprit que les anciens prophètes,
Les auteurs révérés, les savans interprètes,
Ont tant préconisé dans leurs anciens écrits,
Toujours très-respectés et jamais contredits.

Mon ami ! « Quoi ! mon Dieu ! lui Judas, lui ce traître,
» Qui vient de mettre à prix la tête de son maître ;
» Qui même a dit aux Juifs que pour argent comptant
». Il le leur livrerait sans inconvénient ; (53)
» Que pour trente deniers il se sentait capable
» De trahir de sang froid son Sauveur adorable ?
» *Mon ami* ! pourquoi donc as-tu tant résisté
» A tant de prévenance, à tant d'aménité ?
» Pourquoi ton sentiment, ton naturel avare
» Agissent de concert avec ton cœur barbare ?

3

» Pourquoi méprises-tu ce titre bienfaisant ,

» Ce titre si chéri , ce titre bienveillant ?

» Dis-nous enfin pourquoi mieux instruit sur ton crime ,

» N'en témoignes-tu pas un repentir intime ,

» En te jetant de suite aux pieds de Jésus-Christ ,

» Qui sensible à tes pleurs et te voyant contrit ,

» Te recevrait encor dans son troupeau fidèle ?

» Et te revêtirait. d'une gloire immortelle?

Mon ami! quel beau nom ! il est vrai qu'il pourrait ,

Malgré sa turpitude et son cruel forfait ,

Obtenir son pardon , s'il détestait son crime ,

Et si pour l'expier il s'offrait en victime ;

Mais il n'y songe pas , il est trop aveuglé ,

Trop rempli d'amour-propre , et trop dissimulé ,

Pour que sincèrement il voulût se soumettre

A fléchir le genou devant un si bon maître.

Son cœur est trop mauvais , trop lâche , trop ingrat ,

Trop dur et corrompu , pour qu'il se rappelât

De toutes les faveurs dont ce Dieu tout aimable ,

Ce Dieu plein de bonté , ce Sauveur charitable

L'avait toujours nourri ; non , jamais ce mutin

Ne sera repentant pour produire aucun bien.

Point de pardon pour lui , point de grâce à prétendre.

Anathème au pécheur qui s'obstine à se rendre !

Que l'imprécation du prophète royal

Tombe sans plus tarder sur ce monstre infernal !

» Que Satan le ravisse avec toute sa suite ,   (54)

» Qu'il marche à ses côtés, et soit son satellite !

» Qu'au tribunal suprême il soit traîné soudain ;

» Que s'y voyant cité, ce juge souverain

» Prononce contre lui des peines éternelles ,   (55)

» Qui dessèchent son cœur par d'angoisses mortelles !

» Que l'aveu de son crime avance son tourment,
» Et le rende à jamais beaucoup plus violent ! (56)
» Que ses jours soient plus briefs, que sa place d'apôtre!
» Passe tout au plutôt sur la tête d'un autre ! (57)
» Que sa femme soit veuve, et que ses chers enfans,
» Vagabonds, exilés soient encor tous errans (58).
» Qu'ils soient même aujourd'hui chassés de leur demeure,
» Maltraités dans tout lieu, chaque jour, à toute heure(59)
» Que l'avide usurier lui dérobe son bien (60) ;
» Que de tous ses travaux il ne lui reste rien ;
» Que pour le secourir il ne trouve personne,
» Et qu'à ses orphelins nul ne fasse l'aumône (61) ;
» Qu'ils soient persécutés, traités avec mépris,
» Chassés de toute part, et toujours poursuivis (62) !
» Que son nom disparaisse, et que sa race entière,
» Dès ce jour à jamais dorme dans la poussière (63) !
» Que les crimes commis par ses anciens aïeux,
» Leur attirent du ciel un tourment rigoureux (64) !
» Que de sa mère aussi le péché rémissible,
» Soit suivi de bien près d'un supplice terrible (65) !
» Que toutes ces horreurs réjaillissant sur lui,
» La malédiction l'environne aujourd'hui (66) !
» Qu'elle entre dans son corps, filtre dans ses entrailles (67),
» S'imbibe dans ses os, et soit ses funérailles (68) !
» Si des soldats enfin les parricides mains
» De son cœur corrompu secondent les desseins,
» Que la mort, que l'enfer, aussi prompts que la foudre,
» Les coupent à morceaux, et les mettent en poudre! »
  Mais Jésus ne dit rien, il se laisse enchaîner,
Il est doux, patient, et se laisse emmener.
Il devrait sur le champ punir ces déicides,
Et dessécher les mains de tous ces parricides,

Helas! leur insolence et leur sévérité,
Leur rage, leur malice et leur atrocité,
Ne leur attirent point le plus petit reproche.
Pierre alors seulement des soldats se rapproche,
Il s'arme de son glaive, et marchant dans les rangs,
Coupe l'oreille droite à l'un de ces brigands (69).
Le Sauveur aussitôt veut par un grand miracle,
De tous ces mouvemens détourner le spectacle.
Il touche la blessure, et l'oreille à l'instant
Se place au même lieu qu'elle occupait avant (70).
    Croyez-vous que ce trait d'amour, de bienfaisance,
Des soldats qui l'ont vu mitige l'arrogance?
Ces tigres au contraire en sont plus animés,
Plus fiers, plus furieux, beaucoup plus mutinés.
Ils traînent fièrement l'innocente victime,
Leur rage à cet égard est assez unanime.
Ils quittent le jardin, et faisant grand fracas,
Vers la sainte Cité tous dirigent leurs pas (71).
C'est dans Jérusalem que ce Sauveur aimable,
Etroitement lié comme très-grand coupable,
Va ressentir des maux encore plus cuisans,
Des peines et chagrins beaucoup plus dévorans.
Expliquons en détail la seconde partie,
Des faits les plus affreux nous la verrons remplie.

FIN DE LA PREMIÈRE PARTIE.

SECONDE PARTIE.

Souffrances de Jésus-Christ dans la ville de Jérusalem.

Tant que l'homme est heureux, il a plusieurs amis,
Nombre d'adulateurs, autant de favoris.
S'il est riche, puissant, sa cour est très-brillante,
Distinguée en tout point, même très-élégante.
On dispute ses droits avec bien d'intérêt,
On le verrait léser avec un grand regret.
Chacun se fait honneur de lui rendre visite,
D'être de ses conseils, de marcher à sa suite,
De prévenir en tout ses plus ardens désirs,
De lui faire goûter mille et mille plaisirs.
Tout le monde est charmé de trouver pour lui plaire,
L'occasion propice, et quelque bonne affaire.
Ses voisins sont jaloux d'être leur seul appui,
De lui rendre service et faire tout pour lui.
   Mais lorsque les revers attaquent son bien être,
Et que tout son bonheur commence à disparaître,
Ces mêmes courtisans qui l'ont si fort flatté,
Lui font mauvais visage, ils l'ont déjà quitté.
Ils n'ont aucun souci de ses grandes misères,
Ils n'y prennent plus part, ne le fréquentent guères ;
Bientôt ils vont plus loin, ils parlent mal de lui ;
S'il paraît à leurs yeux il excite l'ennui,

Ils finiront enfin dans peu par le maudire ,
Lui causer des chagrins , le vexer et lui nuire.

Tel fut du Dieu Sauveur le misérable sort ,
A tout ce que j'ai dit il a très-grand rapport.
Et dès le même instant que la troupe infernale
L'eut arrêté soudain , qu'avec un grand scandale
On l'eut chargé de fers , et qu'on l'eut fièrement
Entraîné dans la ville aussi cruellement ,
Faut-il le dire ici ? ses apôtres s'étonnent (1) ,
Et vu leur lâcheté , sur le champ l'abandonnent.
De cette grande foule ils se sont détachés ,
On n'en voit plus aucun , ils sont déjà cachés.
Hélas ! le croirait-on , ces timides disciples,
Pour être plus réclus voudraient être invisibles.

Sur ce troupeau choisi Pierre fut un de ceux
Qui le suivit de loin , et fut plus courageux.
Son désir n'était point de lui rendre service ,
De discuter ses droits , le défendre en justice.
Il était trop timide , il était trop tremblant ,
Son cœur était trop faible , et trop indifférent
Pour oser en public répondre , et comparaître ,
Afin de protéger la cause de son maître.
Il esperait de voir ce qui se passerait ,
Et de quelle façon ce procès finirait (2) ;
Mais présumant alors un peu trop de sa force ,
Sa curiosité fut une fausse amorce.
Une simple servante (3) , à ses yeux qui parut ,
Et qui l'interrogeant bientôt le reconnut ,
L'effroi de son esprit le rendit infidelle ,
Blasphémateur , parjure , ingrat , menteur , rebelle.
Trois fois on l'examine , et trois fois on le croit
Disciple du Seigneur , son ami , son bras droit ,

Et par trois fois encor , écumant de colère ,
Il renonce Jésus , souille son caractère (4).

   « Quoi ! grand Dieu ! quoi ! le chef de ce troupeau chéri ,
» Votre premier apôtre et votre favori ,
» Le pivot de l'église , et l'ange tutélaire
» D'une religion pour nous si salutaire ;
» Le premier des pasteurs , ce pontife fameux ,
» Qui doit garder les clefs du royaume des cieux ,
» Que vous voulez placer sur un trône suprême ,
» Revêtir de l'honneur du sacré diadême ,
» Cet homme, le témoin de vos affections ,
» De vos austérités , de vos perfections ,
» Qui de vos mains a vu partir tant de miracles ,
» Entendu votre voix prononcer tant d'oracles ,
» Qui conduit au Tabor eut l'honneur d'admirer
» L'éclat de votre gloire , et d'y participer ,
» Pierre , enfin , qui pour lors animé d'un grand zèle ,
» Pour vous tirer des mains d'une troupe rebelle ,
» Avait coupé l'oreille à Malchus , l'un des gens
» Réunis au jardin avec d'autres brigands (5) ,
» Déclare maintenant avec toute assurance ,
» Avec tant de dépit , avec tant d'arrogance ,
» Qu'il ne vous connaît pas , qu'il ne vous est plus rien ,
» Et que vous n'êtes plus son maître souverain ?
   » Quels excès de bonté votre amour fit paraître
» Vis-à-vis cet apôtre , et que fîtes-vous naître
» Dans son cœur mensonger ? Hélas ! en le fixant ,
» Ce coupable pécheur devint grand pénitent ,
» Vous prîtes en pitié sa timide faiblesse ,
» Vous daignâtes encor excuser sa mollesse ,
» Et fîtes tout d'un coup renaître dans son cœur ,
» Des sentimens plus purs et remplis de ferveur.

» La crainte , au repentir , cède aussitôt la place ;
» De revenir à vous il mérita la grâce ,
» Et tout anéanti reconnaissant son tort ,
» Confus, humilié sur son malheureux sort ,
» Il coula de ses yeux des larmes abondantes, (6)
» Des larmes de douleur , des larmes pénitentes ,
» Qui fléchissant Jésus eurent aussi le don
» D'effacer son délit, d'obtenir son pardon. »
Mais , poursuivant toujours le fil de notre histoire ,
Avec ce Dieu souffrant entrons dans le Prétoire.
Ici les passions toutes à découvert ,
Et les Juifs assemblés agissent de concert ,
Pour trouver des raisons et de faux témoignages ,
Dont ils puissent tirer d'utiles avantages.
Jésus y paraîtra , sans trouble , sans frayeur ;
Néanmoins en secret repassant dans son cœur
Les imprécations, les noires calomnies,
Tant de méchancetés , autant d'ignominies
Qui viendront l'accabler , qui viendront l'assaillir ,
Qui contristent son cœur , qui le font tressaillir. ;
Tant d'accusations toutes bien concertées ,
Et mille atrocités contre lui dirigées.
    Aussitôt d'un coup d'œil il voit ses ennemis ,
Qui pour l'humilier se trouvent réunis.
Les voici tous rendus ; ils sont là pour répondre ,
Lui faire mille affronts , le noircir, le confondre.
    Hors de cette assemblée , il voit le déshonneur ,
Dont ses frères chéris vont attrister son cœur.
Judas le vend aux Juifs et Pierre le renie,
Avec de grands sermens , et plus grande furie ;
Les autres dispersés ne pensent plus à lui ,
Ils en sont même loin , ils l'ont tous déjà fui.

Aucun ne veut venir pour défendre son maître,
La peur les a saisis, ils n'osent comparaître.
Ce trait d'ingratitude afflige son esprit,
Renouvelle sa peine et le rend interdit.
Il aperçoit encor les anciens apocryphes, (7)
Scribes, Pharisiens, les docteurs, les pontifes,
Animés à l'envi d'une même fureur,
D'une même malice, et d'une même ardeur.

Ce ne sont point les grands qui seuls veulent sa perte,
Mais tout le peuple Juif qui déjà la concerte.
C'est ce peuple inhumain qui redouble d'effort,
Pour le rendre coupable et demander sa mort.
Les ordres, les états, les séculiers, les prêtres,
Les puissans, les petits font tous un corps de traîtres.
Oui, le déchaînement est ici général ;
Oui, tout est fomenté par ce peuple infernal.
Jésus est à ses yeux la pierre de scandale,
Et pour l'anéantir, il forme une cabale.

Si l'on croit les témoins qui vont être entendus,
Si l'on s'arrête aux bruits qui se sont répandus,
Oh ! c'est un malheureux qui trompe tout le monde,
Un lâche, un séducteur, dont la langue féconde (8)
Trouble tous les esprits, inquiète les cœurs,
Cause par ses discours grand nombre de malheurs.
Oh ! c'est un hypocrite, un homme insoutenable,
Sans vertu, sans honneur, impie, abominable,
Qui cache avec grand soin ses vices, ses défauts
Connus de tout un peuple et non des idiots.
Oh ! c'est un imposteur, un homme du vulgaire,
Le plus fier arrogant, plus hardi téméraire,
Qui sans aucun respect pour la religion,
Insulte le pontife avec dérision.

C'est un séditieux qui soulève le monde,
Par le mauvais esprit dont ces lieux il inonde. (9)
Il empêche les gens de payer les impôts,
Contre le roi César forme plusieurs complots ;
C'est un impertinent, dont l'austère morale,
Amène le désordre et produit le scandale ;
C'est un ambitieux qui par fatuité
Elève ses desirs jusqu'à la royauté. (10)
C'est un blasphémateur cruel et sacrilège,
Dont les instructions entraînent dans le piége,
Sapent les fondemens de la religion,
Dévoilent de son cœur la dépravation.
Un homme dangereux donnant mauvais exemple,
Qui de Jérusalem veut détruire le temple,
Et qui peut dans trois jours (pour montrer sa valeur)
En bâtir un, dit-il, de pareille grandeur (11).
Un esprit remuant qui voudrait tout détruire,
Renouveler toujours, changer et tout proscrire.
Un horrible orgueilleux qui de son propre aveu,
Ose se vanter d'être aussi parfait que Dieu (12),
Son Fils, son bien-aimé (12 *bis.*), son égal, son semblable,
Souverain, tout-puissant, et de même impeccable.
Enfin, c'est un mortel possédé du démon,
Avec lequel il a très-grande liaison,
Que c'est par son secours qu'il produit des miracles,
Qu'il fait des guérisons, et qu'il rend tant d'oracles (13).
    Mais poursuivons encor, voyons l'affliction
Qu'éprouvera Jésus dans cette abjection.
Tout le peuple l'accuse, et le voilà coupable,
Les témoins entendus, le voilà condamnable.
Il ne parlera pas pour se justifier ;
Ce serait inutile, on veut l'humilier.

Ses crimes sont d'ailleurs connus de tout le monde ,
Disent ces scélérats , faudra-t-il qu'il réponde ?
Non ; c'est hors de propos, son procès est plaidé ,
Et depuis très long-temps son sort est décidé.

   S'il se présente aux yeux de l'indigne grand-prêtre ,
Quelle protection pourrait-il se promettre ?
Il est digne de mort , dit cet homme brutal ,
C'est ce qu'entend Jésus pour adoucir son mal (14).
Au jugement du peuple il sera plus coupable ,
Beaucoup plus maltraité , beaucoup moins pardonnable.
Au voleur Barabbas il sera comparé (15),
Jésus sera puni , ce larron délivré ;
Vis-à-vis du brigand on sera très-affable ,
Vis-à-vis du Sauveur on sera formidable ;
Enfin ce Barabbas lui sera préféré ,
Il sera plus heureux et mieux considéré.

   Toutes ces actions, toutes ces malveillances ,
Ces mépris odieux , ces vives insolences ,
Sont des traits affilés qui lui percent le cœur,
Qui l'accablant déjà devancent son malheur.

   Ce n'est pas tout encor ; mais grand nombre d'orages ,
Mille divisions, toute sorte d'outrages
Vont retomber sur lui , vont assaillir son corps ,
Et le déchireront en dedans en dehors.
De nouvelles fureurs à l'envi se déclarent ,
Déjà de nouveaux fers contre lui se préparent ,
On va l'en surcharger, et, dans cet appareil ,
On le verra traduire à l'infernal conseil.
Il sera promené dans cette horrible ville ,
Sera traité de fou , d'ignorant , d'imbécille.
Quand il comparaîtra devant les tribunaux ,
Il y sera cité pour crimes capitaux.

Il fera le jouet de cette populace,
Qui le voyant confus redoublera d'audace.
Il sera mis à nu, fouetté par des valets,
Percé de mille coups, abîmé de soufflets.
Inondé de crachats, son corps n'est qu'une plaie,
Et pour bien le frapper les bourreaux ont leur paie.
Plus ils seront cruels, plus ils seront vantés;
Plus ils le vexeront, mieux ils seront traités;
De quel tourment enfin qu'on l'assomme et l'accable,
Tout sera très-bien fait, tout sera très-louable.
Voilà ce qui paraît, et voilà tout le mal
Qu'avait prévu de loin le prophète royal.
Ou pour mieux dire encor, ce que Jésus-Christ même
Nous dit par son organe au pseaume vingt-unième.
  « Je ne suis point un homme (16), et ne suis même rien
» Qu'un insecte rampant, privé de tout moyen.
» L'opprobre du public, le scandale du monde,
» Abhorré dans tous lieux comme l'esprit immonde.
» Le rebut des humains, digne de leurs mépris,
» Poursuivi, maltraité par des coups inouïs.
» Ceux qui m'ont aperçu, qui m'ont vu misérable,
» M'ont déjà regardé comme un abominable (17),
» Se sont moqués de moi loin de me secourir;
» Et même sans pitié m'auraient laissé mourir.
» J'ai voulu supporter bien des plaisanteries,
» Leurs persécutions, leurs cris, leurs railleries,
» Et mon malheur a fait leur divertissement.
» Leurs délices, leur joie et leur délassement. »
  Ne nous égarons point, mettons en évidence
Ce que nous avons dit de la grande souffrance
De ce Dieu patient, de ce Dieu de douleur,
Prouvons-en tous les faits, et toute leur rigueur.

Nous avons déjà vu dans un tableau fidelle,
Combien le peuple juif à Jésus fut rebelle,
Nous avons retracé le tout en général ,
Le récit doit en être un peu plus spécial.

    Jésus-Christ est mené chez Anne l'ex-pontife (18) ;
Allié, grand ami , beau père de Caïphe ,
Et c'est dans sa maison que ce divin Sauveur,
Opprimé, poursuivi comme insigne voleur,
Paraît en premier lieu chargé de grosses chaînes ,
Escorté de soldats dont les mains inhumaines ,
Avaient appesanti sur son corps virginal
Leur rage, leur fureur, pour redoubler son mal.

    Il est questionné soit sur cette doctrine (19)
Qu'il a déjà prêchée, ou sur la discipline
Qu'il prétend établir. *Toutes ces nouveautés*,
Lui demande ce prêtre, *et ces rigidités*
De qui les tenez-vous ? où sont vos chers disciples
Qui vous suivent par tout, ne sont ils point visibles ?

    Jésus ne répond rien à ces objections ,
A peine écoute-t-il ces observations ;
Mais, pour mieux contenter celui qui l'interroge,
Il lui dit néanmoins *que ce même reproche*
Ne peut tomber sur lui, *d'ailleurs*, ajoute-t-il,
Tout ce que j'ai prêché n'a rien de puéril,
Cette même doctrine est celle de mon père,
Elle émane du ciel, *et n'est point étrangère* (19 bis.).
Dans le temple de Dieu toujours publiquement ,
J'ai donné mes leçons assez ouvertement (20).
J'ai de même enseigné dans notre synagogue ,
Je ne suis point rebelle , encor moins démagogue.
Ceux qui furent présens peuvent parler pour moi ,
Qu'ils disent si jamais j'ai transgressé la loi ;

Veuillez les appeler, les sommer de répondre ;
Leur présence en ce lieu ne saurait me confondre:
Oui, je suis innocent, et jamais sur ce fait,
Je n'ai pu, je le crois, commettre aucun forfait.

Voilà de Jésus-Christ quelle fut la défense
Qui le fait maltraiter avec tant d'insolence,
Par un de ces suppots qui se tenant tout près,
Le frappe à la figure avec beaucoup d'excès,
Et de sa cruauté commençant le prélude,
Lui donne un grand soufflet; mais un soufflet si rude (21),
Que saint Vincent Ferrier nous dit que dans l'instant
Jésus tomba par terre, et qu'encor ce méchant,
Loin de le relever, eut l'horrible hardiesse,
De s'applaudir lui-même et vanter son adresse.
Ce visage sacré, ce visage serein,
Défiguré depuis par cette affreuse main,
En conserva toujours la sanglante blessure,
La cruelle rougeur, la noire meurtrissure.

En tourmentant ainsi cet innocent agneau,
Répartit aussitôt cet infâme bourreau :
Est ce donc sans respect, sans nulle déférence,
Qu'on répond au pontife avec tant d'arrogance (22)?

« O ciel ! lance ta foudre, et terre, ouvre ton sein,
» Pour y précipiter dans ton creux souterrain,
» Ce monstre, ce cruel, tout indigne de vivre.
» A d'aussi noirs forfaits doit il encor survivre ?
» Quoi ! Seigneur, quoi ! grand Dieu, des prêtres autrefois,
» Coupables à vos yeux furent tous à la fois,
» Dévorés par le feu sorti du sanctuaire,
» Ayant eu le malheur d'avoir pu vous déplaire (23).
» Des Lévites formant des complots factieux
» Contre un prophète saint, se virent, à ses yeux,

» Précipités vivans dans de profonds abîmes ,

» Entrouverts pour punir leur révolte, et leurs crimes (24).

 » L'impie Héliodore envoyé par son roi (25),

» Arrivant dans le temple avec tout son convoi ,

» Fut assez hasardeux, beaucoup plus téméraire ,

» Pour vouloir dépouiller le très-saint sanctuaire ,

» Piller tous ses trésors , et ses vases sacrés ,

» En se félicitant déjà de ses progrès ;

» Mais pour le bien punir de cette folle ivresse ,

» Et conserver encor toute cette richesse ,

» Un ange courroucé marche au temple soudain ,

» Tombe sur le voleur les verges à la main ,

» Le frappe , le meurtrit , et le couvre de plaies ,

» Qui bientôt de son sang parurent inondées.

 » Quelques ambassadeurs d'un des rois d'Israël ,

» Se virent consumés par les foudres du ciel ,

» Le jour que députés vers le prophète Elie ,

» Paraissant en posture infiniment hardie ,

» Ils furent lui parler avec trop de fierté ,

» Au mépris des égards dus à sa qualité (26).

 » Vous fîtes autrefois mourir les Betsamites ,

» Qui périrent sur l'heure , et que vous proscrivîtes ,

» Pour avoir fixé l'arche avec cupidité ,

» Avec peu de respect , et trop d'avidité (27).

» Le malheureux Osa , voyant qu'elle chancèle ,

» Accourut promptement , et s'avançant vers elle ,

» S'empresse d'y porter au plus vite la main,

» Mais la mort qui le frappe arrête son dessein. (28)

 » De jeunes insensés se moquent d'Elisée ,

» Ils l'insultent , le raillent , il leur sert de risée ,

« Et dans l'instant deux ours monstrueux , affamés ,

» Qui tombèrent sur eux , les eurent dévorés. (29)

» Enfin , Jéroboam , apostat idolâtre ,
» Dans son impiété toujours opiniâtre ,
» Au milieu de sa cour veut élever le bras ,
» En donnant le signal d'arrêter Ahias ,
» L'Eternel irrité , pour le punir s'apprête ,
» Il dessèche sa main , et venge son prophète. (30)
 » Quoi , lorsque votre fils unique et bien-aimé ,
» Endure ces affrons , et se voit opprimé ,
» Vous semblez l'ignorer ? On le frappe au visage ,
» C'est d'un grand scélérat que lui vient cet outrage,
» Et vous ne faites pas à ce nouveau Caïn ,
« Sentir la pesanteur de votre bras divin ?
» Voulez-vous oublier que vous êtes son père ,
» Et pourquoi contenir votre juste colère ?
» Il n'est plus désormais des carreaux dans vos mains ,
» Des foudres dans le Ciel pour briser les mutins ,
» Et dans aucun désert point de bête sauvage ,
» Qui sur ce malheureux assouvisse sa rage ?
» Devra-t-il ne rien craindre , et le feu des enfers
» N'aura plus de vigueur pour brûler ce pervers ?
» Enfin , les noirs volcans, la grêle , le tonnerre ,
» Ne pourront plus s'unir pour lui faire la guerre ?
 Mais , contenons ici notre ressentiment ,
Et ne nous livrons plus à notre emportement.
Je sais que Jésus-Chrit est un Dieu de clémence ,
Un Dieu prêchant la paix , et pardonnant l'offense,
Qu'il a voulu donner plein pouvoir à Satan ,
Pour agir sur son corps , le vexer en tyran ,
Qu'il s'est assujéti lui-même à l'infamie ,
Aux horreurs de la mort , et son ignominie ;
Que par cette conduite il défend tout mépris ,
Toute insulte quelconque envers nos ennemis ,

Voulant que sans remords, sans haine, sans murmure,
Sans aigreur, sans chagrin nous souffrions leur injure.

D'après ce grand principe, usant de sa douceur,
Il s'adresse au valet, et d'un air de candeur,
Lui fait cette réplique aussi simple qu'honnête : (31).
Si j'ai mal répondu, tout au moins qu'on permette
De me justifier, et qu'on me fasse voir
La faute que j'ai faite, ici, sans le savoir ;
Mais si j'ai bien parlé, le soufflet qu'on me donne
Est hors de tout sujet, ici rien ne l'ordonne.
Cette explication adoucit ce fougeux,
Qui parut à l'instant moins fier, et plus honteux.

Le Sauveur, de chez Anne, est conduit chez Caïphe. (31 *b.*),
Prêtre du culte juif, et souverain pontife.
C'était un tribunal, dont le chef rigoureux
Dans tous ses jugemens paraissait furieux.

Ce président, charmé de le trouver coupable,
Avide d'en saisir le moment favorable,
Etes-vous, lui dit-il, *étes-vous fils de Dieu*, (32)
Répondez sur ce point, faites-nous en l'aveu.

Jésus-Christ, néanmoins, prévoyant que l'envie
Qu'il a de le savoir, va lui coûter la vie,
Confesse clairement toute la vérité,
Et répond au pontife avec naïveté,
Je suis le Fils de Dieu, le voici, c'est moi-même (33)

A ces mots, le grand-prêtre enrageant à l'extrême,
Pâle, défiguré, la haine dans le cœur,
Déchire ses habits, transporté de fureur. (34)
Il vient de blasphémer, vous avez dû l'entendre,
Dit-il, après cela que devons nous attendre ?
Il n'est plus à propos d'ouïr d'autre témoin,
Sa déposition n'est plus d'aucun besoin,

Voyez , qu'en pensez-vous : « Ah ! prêtre téméraire ,
» Impie , scélérat , pontife sanguinaire ,
» A qui t'adresses-tu pour cette question ,
» Et quel sera celui qui t'en rendra raison ?
» D'infàmes, comme toi , vieillis dans la malice ,
» Et de lâches soldats sujets au même vice ,
» Ne décideront point , dans leur cœur animé ,
» Si Jésus est coupable , et s'il a blasphémé.
» La postérité seule en deviendra le juge ,
» Elle prononcera sans aucun subterfuge.

Oui , les siècles futurs verront avec dedain ,
Qu'un prêtre de la loi , pontife souverain ,
Déchirant ses habits contre toute défense ,
Ait mis son désespoir en si grande évidence ,
Que pour le bien punir de ses égaremens ,
Il sera dépouillé de ses beaux ornemens ,
Qu'il est déchu du droit d'en faire aucun usage ,
Ne pouvant, malgré lui , les porter davantage ;
Que par cette inconduite il a déjà marqué
Le délai dans lequel il serait révoqué ;
Enfin, qu'ayant agi d'une manière atroce ,
Il allait voir bientôt finir son sacerdoce.

Oui, les siècles futurs seront plus que surpris ;
Ils verront avec peine , avec un grand mépris ,
Que ce même pontife ait pu ternir sa gloire ,
Ait eu si peu de honte , ait eu l'âme si noire ,
Pour servir à la fois de dénonciateur ,
De juge , de témoin , de calomniateur.
Ils viendront adorer comme un être suprême ,
Celui qu'il accusait coupable de blasphème.
Son prétendu délit, d'une autre nation
Fondera les vertus et la religion.

Caïphe paraîtra, dans tous lieux et tous âges,
Un homme plein d'horreur, digne de leurs outrages,
Ces lâches sénateurs qui, d'un commun accord,
Sans honte, sans pitié, sollicitent sa mort,
Seront considérés comme des créatures
En exécration dans les races futures.

  O! combien de chagrins, et combien de malheurs
Vont assaillir Jésus dans ce lieu de douleurs!
Ah! quels cruels tourmens et quelle malveillance
Ne cause-t-elle pas cette horrible sentence!
Le voilà ce Sauveur en butte à des valets,
Qui tous à pleines mains l'accablent de soufflets. (35)
Des soldats forcenés exhalent leurs injures,
Et lui font ressentir les plus vives tortures.
On souille sa figure, on salit ses cheveux,
On lui crache au visage, il devient tout hideux.
On fait tout ce qu'on peut pour tâcher de lui nuire;
On le vexe si fort qu'on craint de le détruire.
On le pousse, on le blesse, on le met aux abois,
On finit, on commence et mille et mille fois.
On le tourmente enfin d'une telle manière,
Que son corps ne fait plus qu'un douloureux ulcère.

  « Quoi! tigres forcenés, vous osez déchirer
» Ce saint corps que le ciel ne cesse d'adorer,
» Et sa mort est l'objet de vos haines brutales!
» Vous verrez, dans l'horreur des peines infernales,
» Vous sentirez un jour, monstres dénaturés,
» La puissance du Dieu que vous défigurez.
» Frappés à votre tour par sa main redoutable,
» Vous serez accablés d'un supplice effroyable. »

  Dans ce pénible état d'horreur et de mépris,
Pendant tout ce vacarme, et durant tous ces cris,

Jésus passe la nuit sans fermer la paupière ;
Et s'il revoit le jour pour revoir la lumière,
C'est pour être traîné devant le gouverneur,
Président à la fois et juge sans honneur,
Dont le nom est *Pilate*, et c'est à sa police
Qu'est confié le soin de lui rendre justice.

   Il est interrogé sur le titre qu'il prend
De Fils de Dieu, de Christ et de roi tout-puissant ;
Mais ce juge assuré par sa sage réponse,
Qu'il n'est point dangereux, que d'ailleurs il renonce
A tout règne terrestre, aux honneurs d'ici-bas,
Qu'il les méprise encor, et ne les brigue pas ;
Que ses instructions, ses droits, son saint empire,
Ne le troublent en rien, et ne sauraient lui nuire,
N'ayant d'autre rapport qu'aux affaires du ciel,
Qu'aux esprits bienheureux, qu'au royaume éternel,
Semble plus satisfait, radoucit sa colère,
L'absout déjà d'avance, et devient moins sévère.
Il rejette des Juifs les accusations,
Leurs plaintes, leurs clameurs, leurs imprécations.
Il ne fait à Jésus aucune réprimande,
Et s'adressant à lui, seulement il demande
Ce qu'est la vérité ; (36) mais il n'attend plus rien,
Et finit avec lui tout ce court entretien.

   Apprenant néanmoins qu'il est de Galilée,
Et qu'Hérode, son chef, régit cette contrée,
Il le fait emmener à son palais royal, (37)
Pour être présenté devant son tribunal ;
Choisissant ce moyen pour fuir toute injustice,
Apaiser le public, et vaincre sa malice.

   Hérode satisfait de recevoir Jésus, (38)
Lui fait un doux accueil ; mais comptant au surplus,

Voir émaner de lui quelque éclatant miracle ,
Qui fournît à sa cour quelque brillant spectacle ,
L'engage à lui donner ce noble amusement ,
Ce plaisir désiré, ce cher délassement.   (39)
  Mais Jésus fait mépris de sa sotte demande ,
De sa protection n'accepte point l'offrande.
Il voit que c'est ici par curiosité ,
Et non point pour connaître et voir la vérité ,
Qu'il ose à ce Sauveur adresser la parole ;
Que d'ailleurs son esprit est trop faux et frivole.
Il n'a donc nul égard à sa pétition ,
Qui ne fait sur son cœur aucune impression.
  Non , ce roi ne sera témoin d'aucun miracle ,
Le ciel à ses desirs n'accorde point d'oracle.
Serait-il à propos que le cruel auteur
Du martyre sanglant du très-saint-précurseur.   (40)
Obtînt de Jésus-Christ des grâces signalées ,
Des prédilections qu'il n'a pas méritées ?
Non , non , tous ces égards sont promis à la foi
Des vrais observateurs de la divine loi.
C'est pour l'Hemoroïsse et la Cananéenne ,   (41)
Pour l'humble Centenier et la Samaritaine ;   (42)
C'est pour l'Aveugle-né, (43) pour d'autres malheureux ,
Infirmes ou vieillards , chastes , et vertueux ;
C'est pour un peuple ami de la parole sainte ,
Qui pour en profiter veut l'entendre avec crainte ,
Dont les cœurs disposés aux bonnes actions ,
Font violence au ciel pour obtenir ses dons.
C'est encor en faveur d'une veuve éplorée ,   (44
Qui suppliant Jésus contrite , désolée,
Lui redemande un fils seul objet de ses vœux ,
Et qu'il prenne en pitié son destin malheureux.

Enfin, c'est par égard pour cette sœur pieuse,
Oui, pour Marthe fidèle, aimable, vertueuse, (45)
Dont le frère défunt porté dans le tombeau,
Procure à son cœur tendre un supplice nouveau.

Voilà ceux pour qui Dieu réservera ses grâces,
Qui pourront devenir pour eux très-efficaces,
Et leur cœur embrasé d'une sainte ferveur,
Ils participeront au souverain bonheur.
Mais ce ne sera pas pour un prince perfide,
Pour un roi scélérat, idolâtre, homicide;
C'est en vain qu'il le flatte et veut l'interroger,
A cette déférence il ne peut l'engager.

Ce refus obstiné lui mérite la haine
D'Hérode qui le juge avec sa cour hautaine, (46)
Comme un homme imbécille et très-simple d'esprit,
Sans pouvoir, sans moyens, et de peu de crédit.
On lui quitte sa robe, et pour parure étrange,
Au lieu de ses habits, c'est une robe blanche (47)
Qu'on lui met sur le corps, et dans ce triste état,
Etroitement lié comme grand scélérat,
On le mène à Pilate auquel on le renvoie
Pour décider son sort, afin qu'il y pourvoie.

Désormais les momens de l'aimable sauveur
Seront accompagnés de quelque autre douleur.
Jusqu'à ce jour Pilate avait été paisible,
Et s'étant bien conduit, paraissait inflexible.
Il avait comprimé tous les perturbateurs,
Avait même été sourd à leurs vives clameurs.
Il était parvenu par un double artifice,
A soustraire Jésus à toute autre malice;
Mais vaincu dans l'instant par quelque passion,
Il le fait flageller sans appellation, (48)

Infligeant à ce Dieu cette peine cruelle ,
Dans l'espoir de calmer cette troupe rebelle.
Quel souverain remède à d'aussi grands malheurs ,
Que d'opposer ici fureurs contre fureurs !
   Il prononce , et déjà ces soldats sanguinaires
Ont accablé Jésus de cordes meurtrières.
On le mène au Prétoire , on l'attache au poteau ,
On le frappe , on le brise , on déchire sa peau.
Les verges et les coups redoublent sans mesure ,
Et chaque trait qui tombe entrouvre une blessure.
Le sang à gros bouillons jaillit de tout son corps ,
Le pavé le reçoit , et s'en teint au dehors.
Les habits des bourreaux en conservent l'empreinte ;
Mais leur férocité n'est point encore éteinte.
Ils voudraient par plaisir s'abreuver de son sang ,
Anéantir son cœur , lui déchirer le flanc ,
Et l'opprimer enfin d'une telle manière ,
Qu'il n'en existât pas une partie entière.
   « Hélas ! Anges du ciel , marchez soudainement ,
» Venez , pour le défendre accourez promptement !
» Aux souffrances d'un Dieu serez-vous insensibles ?
» L'abandonnerez-vous à ces hordes terribles ?
» N'êtes-vous pas chargés de veiller sur ses jours ,   (49)
» De le prendre en vos mains , de le suivre toujours ? (5o)
» Voulez-vous épargner ces monstres et ces traîtres ?
». Des foudres du Très-Haut n'êtes-vous plus les maîtres ?
» Devez-vous donc permettre aussi complaisamment
» Qu'on déchire Jésus impitoyablement ?
» Votre indignation doit vous donner de force ,
» L'honneur de le venger doit être votre amorce ;
» Frappez , déchaînez-vous contre tant de brigands,
» Qu'ils soient même effacés du livre des vivans ,

» **A** votre seul aspect que tout s'évanouisse,

» Que tout soit écrasé, que tout brûle et périsse !

Après avoir enfin assouvi leur fureur,

Et rendu Jésus-Christ un objet plein d'horreur,

Ces féroces bourreaux finissent leur ouvrage,

Mais pour recommencer un nouveau brigandage.

Ils vont le délier de l'infâme poteau,

Pour lui faire subir un supplice nouveau.

Ils prennent des buissons, en font une couronne (51),

L'enfoncent dans son chef, et de suite on lui donne

Un manteau couleur rouge, en plaçant dans sa main

Un roseau qui figure un sceptre souverain ;

Et paraissant vêtu comme un roi de théâtre,

A l'abîmer de coups chacun s'opiniâtre.

On fléchit le genou lui donnant un salut (52),

Et tous ces furibonds font le même début.

Honneur au roi des Juifs, honneur à ce prophète,

Crie alors cette troupe, en frappant sur sa tête

Avec ce long roseau qu'on lui prend de la main,

Qu'on lui replace ensuite avec air de dédain ;

Chacun veut s'employer, et tous sans perdre haleine,

Désirent ardemment renouveller la scène.

On se moque, on se rit de ces vexations,

On continuera ces persécutions,

Jusques à ce qu'enfin les épines aiguës,

Pénétrant dans la chair à l'instar des sangsues,

Aient fait couler le sang de ce chef révéré,

Et que tout son visage en soit défiguré.

Ce n'est pas tout encor, mais pour comble de rage,

Pour bien se contenter, et mieux lui faire outrage,

Des esclaves d'accord avec ses ennemis,

Viennent bander ses yeux en signe de mépris (53) ;

Et par de coups de poing meurtrissant sa figure,
Devine, lui dit-on, *qui t'a fait cette injure* (54).

    « Ah! barbares, cruels, pensez-vous que Jésus
» Ne verra pas la main qui lui tombe dessus ?
» Lui, qui dece Judas a vu l'hypocrisie,
» Et naître dans son cœur sa noire perfidie.
» Qui se trouvant à table avec ce rénégat,
» Lui prédit qu'il serait assez grand scélérat,
» Pour oser s'avilir jnsqu'à devenir traitre (55),
» Et vendre à très-bas prix la tête de son maître.
   » Lui, qui du peuple Juif, et des Pharisiens,
» A vu les noirs complots, les affreux entretiens,
» Leurs fureurs, leurs projets, leur rage, leur envie,
» Fomentés dans leur cœur, tramés contre sa vie.
   » Lui, qui dit à Saint-Pierre en termes très-formels :
» *Malgré votre promesse et vos vœux solennels,*
» *Par trois fois cette nuit avant que le coq chante,*
» *Vous me renoncerez aux cris d'une servante* (56).
   » Qui presque à chaque instant, a dans tous les esprits,
» De ses vrais serviteurs, et de ses ennemis
» Deviné la pensée ; oui déjà par avance,
» Il a vu des Gentils l'indigne extravagance,
» Lorsqne depuis long-temps il jugeait qu'en leurs mains
» Il tomberait bientôt; et que ces inhumains,
» Conspirant contre lui l'accableraient d'injures (57),
» Après l'avoir couvert de sanglantes blessures.
   » N'a-t-il pas vu l'opprobre et les affrons amers,
» Que devaient lui causer ces monstres, ces pervers,
» Et pour comble d'horreur anéantir son âme,
» Et détruire son corps par une mort infâme (57 bis.) ?
   » N'avait-il pas aussi pendant sa passion,
» Prédit expressément sa résurrection,

» Fixé qu'à cette époque enfin si désirée,

» Ses apôtres iraient le joindre en Galilée (58)?

  » Il a vu l'esprit saint, l'esprit consolateur,

» Venir du ciel sur eux pour embraser leur cœur (59);

» Et sa nouvelle église encore très-petite,

» Augmenter chaque jour, et devenir ensuite

» Immense, très-nombreuse, et former en tous lieux,

» De fidèles sujets pour le règne des cieux.

  » Il a même prédit que plusieurs faux prophètes,

» De la divine foi se disant les athlètes,

» Tromperaient le public, répandraient des erreurs,

» Séduiraient les chrétiens, et corrompraient leurs mœurs.

  » Il a vu tout en pleurs Jérusalem céleste,

» Gémissant sur son sort, sur sa perte funeste;

» Sans espoir, sans ressource, et maudite à jamais,

» Pour la punition de ses cruels forfaits (60).

  » En portant ses regards sur les races futures,

» Il a vu leur désordre, il a vu leurs souillures,

» Leurs dissolutions, leurs crimes, leurs noirceurs,

» Leur châtiment sévère, avec tous leurs malheurs.

  » Il aperçut enfin cet avenir pénible

» Du jugement dernier, dont l'appareil terrible

» Retraçait à ses yeux la fin de l'univers,

» Sa désolation, et ses affreux revers (61).

  » D'après tous ces rapports figurez-vous, infâmes,

» Que Jésus ne verra ni vos jeux, ni vos trames?

» Flattez-vous de pouvoir dérober à ses yeux

» Vos sinistres complots, vos projets factieux?

» Non, vous serez trompés; ce Dieu dans sa science,

» Voit la main qui le frappe, et celui qui l'offense.

» Ce faible et vil bandeau qui sert à le couvrir,

» Et dont vous abusez pour mieux vous réjouir,

» Ne vous rendra pas moins brutaux, abominables,
» Dignes de tout mépris, odieux et coupables.
» Vous sentirez un jour sa superfluité,
» Et le ciel punira votre férocité. »
    Pilate néanmoins voyant que le supplice
Qu'avait souffert Jésus, que l'ardeur, la malice
Des bourreaux, des valets continuaient toujours,
A de nouveaux moyens voulut avoir recours.
Il le fit délivrer de tous ces homicides,
Le retira des mains de tant de déicides ;
Convaincu que les Juifs le voyant massacré,
Percé de mille coups, pâle, défiguré,
Seraient tous attendris par ce touchant spectacle,
Et que pour le sauver il aurait moins d'obstacle.
Il le prend, le présente à ce peuple infernal,
Et lui dit, VOILA L'HOMME (62), *et voyez tout le mal*
Qu'ont produit sur son corps les traitemens horribles,
La torture, les fers, et les affrons sensibles,
Qui retombant sur lui l'ont si fort maltraité,
L'ont réduit aux abois, et l'ont ensanglanté.
Considérez son sort : étes vous raisonnables,
Étes-vous satisfaits, serez-vous plus traitables.
VOILA L'HOMME ! parlez sans haine, sans courroux,
Qu'exigez-vous de lui, que lui demandez-vous.
    Les juifs ne pouvant plus contenir leur furie :
Il est digne de mort, et qu'on le crucifie (63),
Qu'il périsse, et bientôt qu'il s'éloigne de nous,
Des maux qu'il a causés il ne peut être absous.
    Quoi? vous parlez de maux, dit Pilate, *je pense,*
Qu'il est très-innocent dans cette circonstance.
Je vais le renvoyer, je vais briser ses fers,
Je le proclame juste aux yeux de l'univers (64).

Non, réplique ce peuple, *encore un coup, qu'il meure*,
Que ce jour à jamais sonne sa dernière heure,
Nous ne le voulons plus, chassez-le promptement,
Il ne peut mériter son élargissement. (65)

Le gouverneur surpris, jugeant que ce tumulte
Produirait à la fin quelque nouvelle insulte,
Prend un meilleur parti pour mettre le Sauveur
A l'abri du dépit de ce peuple imposteur.
Il pense qu'il convient pour calmer cet orage,
De tirer des prisons, suivant l'ancien usage (66),
Celui des criminels que les juifs demandaient,
Et sur le choix duquel il se réunissaient.

Il existait alors un homme abominable,
Très-insigne voleur, brigand plus redoutable,
La terreur du public, le chef des scélérats,
Détenu dans les fers, appelé Barabbas (67).
Il crut qu'en comparant l'innocent au coupable,
Le choix sur le premier serait indubitable;
Qu'on sauverait Jésus, et qu'ainsi l'assassin
Souffrirait le tourment promis à son larcin.
Son espoir devint nul, et toute cette bande
Des Juifs, Pharisiens, à grands cris fait demande
De la mort du Sauveur, mais que ce Barabbas
Soit mis en liberté sans subir le trépas (68).

« Qu'entends-je ? juste ciel ! quelle horreur, quelle rage,
» Quelle rébellion, quel forfait, quel outrage !
» Quoi ! les plus grands païens n'ont jamais inventé
» Rien de plus flétrissant pour la Divinité ! »

Ah ! malheureux chrétiens, voyons-nous très-coupables,
Oui, bien plus que les juifs nous sommes punissables.
Hélas ! n'avons-nous pas chaque jour le malheur
D'outrager Jésus-Christ, et d'affliger son cœur ?

Ce n'est pas, il est vrai, Barabbas cet insigne
Que nous lui préferons ; mais la conduite indigne
Que nous menons ici nous dépeint à ses yeux
Encor plus criminels et plus audacieux.
Est-elle sans reproche ? Est-elle méritoire ?
Que faisons nous pour Dieu qui soit tout à sa gloire ?
Que faisons nous pour lui qui soit à son honneur,
Lorsqu'il entreprend tout pour notre vrai bonheur ?
Voulons-nous franchement en tout point lui complaire,
Sentons-nous le regret d'avoir pu lui déplaire ?
Avons-nous le désir d'être ses serviteurs,
De tout sacrifier pour gagner ses faveurs ?
Nos saintes actions sont elles sans rancune ?
Non, chrétiens, mais l'argent, le bonheur, la fortune,
Occupent notre cœur, excitent nos désirs,
Accomplissent nos vœux, satisfont nos plaisirs.
Oui, de nous chaque jour Dieu reçoit une injure,
Oui, tous nos mouvemens sont pour la créature ;
En suivant nos penchans, nos inclinations,
Le goût, la volupté de nos affections ;
Et pour ces vils objets faibles et misérables,
Pour ces velléités encor plus méprisables,
Nous causons à Jésus de nouvelles douleurs,
Renouvellons sa croix, sa mort, et ses horreurs.
Si je veux comparer le ciel avec le monde,
L'esprit de Jésus-Christ, avec l'esprit immonde,
Chacun me répondra de bonne intention,
Oui, meure mon Sauveur, vive ma passion !
    Vous êtes acharnés contre ce misérable,
Dit Pilate au public ; *mais je serais blâmable,*
Si violant les lois, méprisant mon devoir,
Je le sacrifiais à votre désespoir.

Chargez-vous de cet homme (69), *et souillez-vous d'un crime*
Que vous commettrez tous. Votre voix unanime
M'annonce que déjà vous avez le dessein
D'abreuver de son sang votre cœur inhumain.
Ce même sang versé fera votre supplice,
Et je ne prétends point être votre complice,
Je m'en lave les mains (70). Ce peuple furibond,
D'un avis unanime, au plus vîte répond :
N'importe : que ce sang tombe sur notre tête,
Et nos enfans et nous répondons de la dette. (71)

    « O peuple scélérat ! tu seras exaucé !
» Peuple ingrat et cruel, ton sort est prononcé !
» Oui, ce sang répandu réclamera vengeance,
» Et tu seras puni de ton extravagance.
» Oui, suivant tes desirs il tombera sur toi,
» Et pour ton grand malheur causera ton effroi.
» Il saura comprimer ta haine, ta furie,
» Réprimera bientôt toute ta barbarie.
» Ce sang accablera ta fière nation,
» Qui sera dans tous lieux en exécration.
» Dans peu pour te punir, le sacré sanctuaire
» Et ta sainte Sion seront mis en poussière.
» Tout semblable à Caïn, malfaiteur inoui,
» Egorgeant l'innocent tu seras, comme lui,
» Errant et vagabond sur la terre et sur l'onde,
» Poursuivi, méprisé, mal vu de tout le monde.
» Tu te verras sans loi, sans prêtre, sans autel,
» Privé de sacrifice, et des grâces du ciel.
» Tes yeux et ton maintien, ta tête, ta figure,
» Seront dans tout pays de très-mauvaire augure.
» Ton front sera marqué d'un signe si fâcheux,
» Que même à tes regards tu seras odieux.

» Ce signal apparent te rendra détestable,

» Et te suivant partout te montrera coupable,

» Fera ton désespoir, produira tes revers,

» Attirera sur toi l'horreur de l'univers.

» La main d'un Dieu vengeur sera pendant ta vie,

» Sur ta race et sur toi toujours appesantie.

» La persécution qu'on va te susciter

» Servira de motif pour mieux te tourmenter.

» Elle sera terrible, elle sera cruelle,

» Y survivras-tu ? Non, elle sera mortelle ;

» Tu ne verras donc plus ni prophète ni roi,

» Qui pour te consoler soit envoyé vers toi,

» Ni héros ni guerrier qui vienne te défendre,

» Et de briser tes fers veuille même entreprendre.

» Ton pénible esclavage et tes malheurs affreux

» Serviront d'apanage à tes derniers neveux.

» Ce sang si révéré que ta fureur demande,

» Et qu'à ta passion tu veux faire l'offrande,

» Par un peuple nouveau sera dorénavant,

» Recueilli, conservé très-précieusement.

» S'il tombe sur sa tête, il fera sa défense,

» L'ange exterminateur suspendra sa vengeance,

» Tandis qu'à ton égard, à ta confusion,

» Tu t'en verras chargé pour ta punition.

» Arrosé de ce sang, il n'aura plus à craindre :

» Les foudres du Très-haut ne pourront point l'atteindre ;

» Mais empreint sur ton front, il sera le signal,

» Et de ton anathème, et de ton sort fatal.

» Après avoir enfin bien gémi sur la terre,

» La mort fondra sur toi comme un coup de tonnerre. »

    Poursuivons néanmoins : Pilate connaissant

Que le mal devenait beaucoup plus violent,

Commence à s'ébranler, se montre plus timide,
Son esprit est moins fort, son cœur est moins rigide.
Il élude, il retarde, il ne décide rien,
Ménage avec les juifs un dernier entretien.

Prenez-le ce Jésus, leur dit-il en colère,
Je ne veux point souiller mon noble caractère.
Vous avez une loi, faites-le donc périr, (72)
Si la loi sur ce point le condamne à mourir.

Nous n'avons maintenant droit de mort sur personne, (73)
Lui réplique ce peuple, il appartient au trône.
C'est vous seul qui devez, comme son gouverneur,
Prononcer votre arrêt contre ce séducteur;
Mais soyez convaincu, si vous lui faites grâce,
Que déja de César le courroux vous menace,
De César notre maître animé contre lui,
Qui voudrait de grand cœur s'en défaire aujourd'hui. (74)
Qu'il meure promptement, son regard nous irrite;
Qu'il soit crucifié! voilà ce qu'il mérite.

Le seul nom de César trouble le gouverneur,
Pilate devient blême, il change de couleur.
Le voilà tout tremblant, il ne sait plus que faire :
A son roi, néanmoins, il ne veut point déplaire.
Il pense, il délibère, il chancelle toujours.
S'abandonnant enfin à son propre secours,
Il prononce, il écrit *que Jésus est coupable,*
Qu'il doit subir sa peine, et qu'il est condamnable.
Ordonne qu'aussitôt il sera mis en croix,
Et qu'il expirera sur cet infâme bois. (75).

» O ! mon divin Sauveur ! quelle indigne sentence
» Vient-on de prononcer, malgré votre innocence!
» Un lâche courtisan a dicté son arrêt,
» Et votre amour pour nous veut qu'il ait son effet.

» Au seul nom de César , Pilate , cet infâme ,
» Change de sentiment , et de suite proclame
» Que vous êtes coupable , et qu'en dernier ressort
» Vous devez sur le champ être puni de mort.
» Il n'a plus écouté les lois de la justice ;
» Mais pour mieux consommer son dangereux caprice ,
» Il foule sous ses pieds les règles de l'honneur ,
» Il devient , à son tour , le premier malfaiteur ;
» Trahit ses sentimens par la crainte du blâme ,
» Sans aucune pudeur ose avilir son âme ,
» Et vous abandonnant aux bourreaux inhumains ,
» Croit de laver son crime en se lavant les mains.
» Etabli votre juge , il devait vous entendre ;
» Ayant la force en main , il pouvait vous défendre.
» Quoi ! Tout pétrifié , tout ému de terreur ,
» Loin de vous protéger , il est votre oppresseur !
» Que déjà condamné pour expier ses crimes ,
» Les enfers, à l'instant , entrouvrent leurs abîmes !
» Qu'il soit tyrannisé par mille affreux tourmens ,
» Et soit enseveli dans leurs feux dévorans !
, Livrons , livrons les juifs à leur scélératesse ,
Laissons-les emmener avec tant de rudesse ,
La victime qu'ils vont au plutôt immoler ,
Et répandre le sang dont ils vont se souiller (76) :
Déjà les coups vengeurs sont tombés pour les battre ,
Et les carreaux du ciel lancés pour les abattre.
Ils n'éviteront pas la colère de Dieu ,
Mais seront poursuivis à toute heure , en tout lieu.
Ils ont beau s'en moquer, ils ont beau s'en défendre,
La foudre du Très-haut est là pour les étendre.
Laissons aussi Judas , se voyant sans secours ,
Au gibet suspendu finir ses derniers jours , (77)

Et par sa turpitude entrouvant un abîme ,
Mourir de désespoir , en devenir victime.
Notre religion nous ordonne encor plus ,
De tout abandonner pour contempler Jésus ;
Pour pleurer avec lui , pour le suivre au calvaire ,
Recueillir ses soupirs , admirer , et nous taire.

Nos deux premiers projets viennent d'être accomplis ,
Les faits mis en avant ont tous été suivis.
Il ne me reste plus qu'à mettre en évidence,
Cet horrible rigueur , cette grande souffrance,
Que ressentit Jésus sur le local affreux ,
Où son dernier tourment fut le plus douloureux.
Ces objets composant la troisième partie ,
Mes vœux seront remplis , et ma tâche finie.

TROISIÈME ET DERNIÈRE PARTIE.

Souffrances de Jésus-Christ sur la montagne du Calvaire.

Jésus voulant enfin finir sa mission ,
Seul et puissant objet de son ambition,
Ayant aimé les siens pendant toute sa vie ,
Malgré ses grands chagrins et son ignominie ,
Desira néanmoins les aimer pour toujours ,
Et dans cette amitié finir ses derniers jours ;   (1)
Imitant aujourd'hui la conduite d'un père ,
Qui portant dans son cœur une famille chère ,

Redouble de tendresse en voyant ses enfans
Près de son lit de mort tristes et larmoyans.
Il va donc consommer son amour au Calvaire ;
Il a choisi ce lieu pour tombeau funéraire,
Et cet amour divin qui brûle dans son cœur,
Est ce qui le console et qui fait son bonheur.
 - Voilà les vrais motifs de son grand sacrifice,
Voilà ce qui l'engage à subir son supplice.
Ne les attribuons à nul autre sujet,
N'en cherchons point ici de plus puissant objet,
Ne mettons au grand jour ni la haine des prêtres,
Ni la rage des Juifs, ni la fureur des traîtres,
Ni la méchanceté du coupable Judas,
Ni la rébellion des valets et soldats,
Ni de tant de bourreaux l'infâme barbarie,
Et des Pharisiens la noire perfidie ;
Mais croyons de bon cœur que Jésus en ce jour
Succombe par l'effort de son parfait amour.
 Il s'est livré pour nous, écrit le grand apôtre,   (2)
S'il ne nous eût aimé, l'eût-il fait pour tout autre?
Eût-il même voulu se faire tourmenter,
S'il n'eût sincèrement voulu nous racheter ?
C'est en vain que les rois, les princes de la terre
Auraient tous conspiré pour lui faire la guerre,
Si l'amour paternel n'eût point pris le dessus,
Leurs conseils étaient vains, leurs efforts confondus. (3)
Le plus grand potentat ne peut rien par lui-même ;
Tout doit s'humilier aux yeux d'un Dieu suprême,
Et l'homme le plus fier et le plus redouté
S'abîme de respect devant sa majesté.
 Suivons-le ce Sauveur hors le camp, hors la ville.
Jérusalem n'est plus son respectable asîle,

Il n'a point de demeure, il n'a point de local
Pour reposer sa tête, et radoucir son mal. (4)
Jésus figure ici l'héritier de la vigne
Venant de recevoir un traitement indigne
Par des cultivateurs avides de ses biens,
Qui pour les usurper se servent de moyens
Sanguinaires, cruels, et par ce grand outrage,
Le jettent pour toujours hors de son héritage,
Après avoir encor sans pitié, sans égard,
Tué les serviteurs envoyés de sa part. (5)

    Le Christ eût faiblement rempli cette figure,
S'il n'eût point observé cette stricte mesure,
Si pour sanctifier tant de mortels impurs,
Il n'eût souffert la mort hors la ville et ses murs. (6)
Tout devait jusqu'au lieu de l'horrible supplice,
Annoncer la grandeur du divin sacrifice,
Désigner au public quel était l'innocent
Qui courait au trépas si volontairement,
Pour expier ici l'iniquité du monde,
Enchaîner les enfers et leur esprit immonde.
C'était sur la montagne et dans un lieu forain,
Que l'unique rançon de tout le genre humain
Devait être immolée ; (7) avouons qu'une ville
Comme Jérusalem sacrilège, indocile,
Remarquable surtout par les plus noirs forfaits,
Et peu reconnaissante aux généreux bienfaits
Dont l'aimable Sauveur l'avait si fort comblée,
Devait conséquemment être très-méprisée,
Sans recevoir l'honneur de cette oblation,
Comme ne méritant aucune attention.

    Son temple si fameux, tant vanté, très-insigne,
D'une telle faveur n'était même plus digne. (8)

Il n'est donc plus pour lui d'autel, ni de saint lieu,
Ni plus de sanctuaire et de maison de Dieu.
Son tems avait fini, son heure était venue,
Et sa destruction tout-à-fait résolue.
Comme ce sacrifice était universel,
Saint Léon dit ici, *qu'il fallait que l'autel*
Fût sensible, apparent, et placé de manière,
A pouvoir étonner la nation entière ;
Que par ce grand motif, cette sublime croix,
Revérée à jamais, deviendrait à la fois,
L'autel particulier de toute la Judée,
Et l'autel général de la terre créée (9).

Jésus monte au calvaire avec ces deux voleurs ; (10)
Qui par surcroît d'opprobre, et pour comble d'horreurs,
Devaient en même temps subir la même peine ;
Avoir le même affront, porter la même chaîne.
Mais ce n'est pas assez qu'il marche sans fardeau,
Il faut pour l'accabler le vexer de nouveau.
On charge sur son dos le bois de son supplice, (11)
On le presse, on le pousse, et par cet exercice,
Il succombe déjà sous cette pesanteur,
Et son corps affaibli perd toute sa vigueur.

Ses bourreaux désireux d'achever leur ouvrage,
De poursuivre toujours leur affreux brigandage,
Et craignant que Jésus déjà tout épuisé,
Ne pourrait plus souffrir d'être tyrannisé,
Obligèrent Simon, habitant de Cyrène,
De soulever sa croix pour partager sa peine (12).
Hélas ! qu'il fut heureux d'avoir l'occasion,
De pouvoir l'assister dans son affliction!
Que vois-je! un Dieu courbé sous le poids de ses chaînes
Et baigné dans le sang qui coule de ses veines,

Quelle dérision pour l'incrédulité ,
Qui ne veut ni sonder , ni voir la vérité ;
Mais aussi d'autre part quel sublime spectacle
Ne découvrous-nous pas , quel étonnant miracle !

　　Oui , chrétiens , Jésus-Christ succombe sous sa croix ,
Son corps trop affaibli ne peut porter ce poids ;
Mais quoique en ce moment ses forces l'abandonnent ,
Et que tous ses chagrins , ses soucis l'environnent ,
Pensez qu'il est toujours , ce Dieu , ce même Dieu ,
Respectable à jamais , adorable en tout lieu.
Ce Dieu vrai créateur du soleil , de la terre ,
De tous les élémens , du ciel , et du tonnerre ,
Qui creusa dans l'instant les abîmes des mers ,
Produisit les oiseaux qui volent dans les airs,
Fit couler les ruisseaux , éleva les montagnes ,
Voulut fertiliser nos riantes campagnes ,
Et malgré qu'on l'accable aujourd'hui de rigueur ,
Ses mains ont tout produit pour notre seul bonheur.
Il est même celui que les anciens prophètes ,
Les pères de la foi , les savans interprètes ,
Ont toujours révéré comme le souverain
De la terre , du ciel , de tout le genre humain ,
Le vainqueur triomphant du prince des ténèbres ,
Et l'auteur merveilleux de tant d'œuvres célèbres.
Enfin , quoiqu'il paraisse expirant de langueur ,
Abattu , terrassé par le poids du malheur ,
Il porte sur son corps l'instrument de sa gloire ,
Et le signe éclatant de sa grande victoire.

　　Croyez que rien n'échappe à son ressouvenir ,
Qu'il voit le temps passé , le présent , l'avenir ,
Qu'il est encor le roi de ce vaste hémisphère ,
Qu'il va bientôt planter sur le mont du calvaire

Le brillant étendard de tout le genre humain,
Cimenter par sa mort son pouvoir souverain,
Et qu'après avoir même enduré mille outrages,
Eté décrédité par de faux témoignages,
Nous le verrons un jour couvert de majesté,
Anéantir le monde, et son iniquité.

Tout est en mouvement, tout marche au lieu terrible
Pour aller immoler la victime paisible,
Qui dans quelques momens ne résistera plus
Aux tourmens inouïs qu'elle a déjà prévus.

Considérez ici le lugubre équipage,
De ce Dieu de douleur : quel pénible voyage !
Voyez-le maintenant, pâle, défiguré,
Meurtri de mille coups, presque tout massacré,
Pour la dernière fois sortant de cette ville,
Dont une populace insolente, incivile,
Depuis très-peu de jours l'avait comblé d'honneur,
Et l'avait proclamé le béni du Seigneur. (13)
Hosanna, criait-elle, *honneur, salut et gloire
A ce fils de David, qu'à lui soit la victoire !*
Le voilà par ce peuple aujourd'hui plus ingrat,
Dénigré dans tout lieu ; traité de scélérat,
Accablé de sa rage et de ses invectives,
De tant d'autres horreurs infiniment plus vives,
Objet de son dépit, de ses vexations,
De sa sévérité, de ses dérisions,
Précédé des soldats qui marchent en cohorte,
Suivi par des bourreaux qui forment son escorte,
Repoussé par les juifs comme perturbateur,
Comme séditieux, comme blasphémateur.

Mais nous, qui de son cœur, connaissons l'innocence
Certains de la furie et de l'extravagance

De ce peuple pervers , de ses rebellions ,
Foulons aux pieds ses cris, ses imprécations.
Accompagnons Jésus au lieu de son supplice ;
Sa route teinte en sang nous servira d'indice ,
Ses vestiges rougis seront trop bien marqués ,
Et les pieds de ce Dieu mieux encor figurés ,
Pour que facilement nous puissions faire échange.
Il va mourir pour tous, ce n'est donc point étrange ,
Hâtons-nous de marcher pour mourir avec lui ,
Et formons le dessein de le faire aujourd'hui :
Ne désirons plus rien , n'ayons plus d'autre envie :
Ah ! grand Dieu , votre mort nous donnera la vie !
　Des femmes néanmoins pleines d'affliction ,
Qui n'avaient nulle part à la vexation
Qu'on faisait éprouver à ce Sauveur aimable ,
Le suivaient par derrière, et d'un ton lamentable ,
Gémissant sur son sort, déploraient son malheur ;
Et versaient à l'envi des larmes de douleur ;　(14)
Mais Jésus différent de tous ces misérables ,
Qui pour se consoler auprès de leurs semblables ,
Recherchent dans leur âme un doux soulagement ,
Qui calme quelquefois leur peine , leur tourment ,
Rejette sans pitié des pleurs aussi stériles
Et leur compassion, comme très-inutiles ;
Voulant leur enseigner à corriger leur cœur ,
Et faire de sa mort leur unique bonheur ,
Il leur défend encor de gémir sur lui-même ;
Mais de considérer leur infortune extrême ;　(15)
De regretter leur perte et plaindre leurs enfans ,
Qui sont assez pervers , assez durs , malfaisans ,
Pour aller se couvrir d'une honte éternelle ,
Déclarer à leur âme une guerre cruelle ;

De fixer leurs regards sur leur triste pays
Et sur Jérusalem, qui vont être envahis,
Consumés par le feu, rasés, réduits en cendre,
En vengeance du sang qu'on a voulu répandre ;
De porter leurs regrets sur l'univers entier,
Qui paraissant un jour au jugement dernier,
Verra devant ses yeux, pour punir sa malice,
La désolation autant que son supplice.

 « Mes souffrances, dit-il, ne font pas mon malheur,
« Ce sont vos lâchetés ; et c'est le déshonneur
» Qui va tomber sur vous, qui de près vous menace,
» Qui me perce le cœur, qui déjà me terrasse.
» Que deviendra votre âme, et quel sera son sort !
» Songez-y bien, sans quoi dans peu de jours la mort
» La précipitera dans des flammes horribles,
» Et lui fera sentir les maux les plus terribles.
» Oui, je triompherai de tous mes ennemis ;
» Je pourrais comprimer leurs efforts et leurs cris,
» Mais triompherez-vous du péché d'habitude,
» Qui toujours vous retient dans votre servitude,
» Qui trouble votre esprit, gène votre repos,
» Irrite votre humeur, vous vexe à tout propos ?
» Ce péché qui vous porte un obstacle nuisible,
» Qui creuse sous vos pieds une fosse invisible,
» Qui diffère, suspend votre conversion,
» Flatte votre mollesse et votre ambition.
 » Je saurai bien sortir du sépulchre avec gloire,
» Sur tous mes oppresseurs remporter la victoire,
» Terrasser cette mort, l'enchaîner à jamais,
» Et mon corps de ses coups préserver désormais ; (16)
» Mais saurez-vous sortir de ces profonds abîmes,
» Dans lesquels vos plaisirs vous retiennent victimes ?

» Ou si vous paraissez vouloir les éviter ,

» Vos criminels penchans vous y font persister.

» Je pourrais dans l'instant anéantir les chaînes

» Qui resserrent mon corps, qui font couler mes veines;

» Et prononçant un mot , par l'effet de ma voix

» Enchaîner l'univers à l'arbre de ma croix ;

» Mais romprez-vous les fers qui maîtrisent votre âme ,

» Qui savent l'asservir , qui la rendent infâme ;

» Ces fers que vos péchés ont bien fortifié ,

» Vos dissolutions ont tant multiplié ;

» Enfin ces fers affreux qui vous rendent esclaves ,

» Qui de votre bonheur font naître les entraves ?

» Ne pleurez pas sur moi , contenez vos soupirs ,

» Immolez sur ma croix vos défauts, vos desirs ;

» Et déchirez vos cœurs en faisant pénitence ,

» Pour éviter du ciel la terrible vengeance. »

    Hélas ! quelle menace et quelle fermeté ,

Quel courage sévère et quelle austérité,

Dans la bouche d'un homme accablé de tristesse ,

Plongé dans la douleur , succombant de faiblesse ,

Marchant à son supplice avec un air serein ,

Malgré tous ses affronts et son triste destin !

S'il supporte ses maux en homme du vulgaire ,

S'il paraît s'affliger comme on fait d'ordinaire ,

On voit qu'il parle en Dieu , qu'il prophétise en Dieu ,

Qu'il fait tout, prédit tout , à toute heure , en tout lieu.

    Quoi ! direz-vous, Chrétiens, comment peut-il se faire

Que l'aimable Sauveur veuille ici faire taire

Des femmes dont le cœur est si compatissant,

Qui sont à ses côtés toujours en larmoyant ,

Tandis qu'avec raison par la voix du prophète ;

Il se plaint , et nous dit *que chacun le rejette* ,

Que nul homme ne veut s'attrister avec lui , (17)
Venir à son secours , *lui prêter son appui?*

Mais , vous êtes surpris que Jésus désapprouve
Ces larmes d'un moment , que même il les réprouve.
Il connaît qu'elles sont de pure occasion ,
De regret tout humain , d'humble compassion.
Elles sont dans leurs yeux , nullement dans leur âme ,
Le motif est léger, et lui seul les réclame,
Ces larmes , ces soupirs feraient son déshonneur ,
Augmenteraient sa peine, affligeraient son cœur.
On pourrait en juger que son grand sacrifice
S'opère malgré lui , que quoiqu'il s'accomplisse ,
Il est involontaire , et qu'enfin par son choix ,
S'il pouvait éviter de mourir sur la croix ,
Fuir pour se dérober à toutes les poursuites
De tant de scélérats , de tant de satellites ,
Il le ferait soudain , et pour dernier effort ,
Se montrerait vainqueur des tourmens de la mort.

Convenait-il aussi que ces femmes timides ,
(*Qui n'avaient néanmoins avec ces homicides* ,
Aucune connivence , aucune liaison ,
D'après le rapport fait par le grand saint Léon.)
Fallait-il, disons-nous, que répandant des larmes ,
Sur un sort dont ce Dieu faisait ses heureux charmes ,
Elles fussent encor par des sanglots plaintifs ,
Par des soupirs amers , et leurs cris excessifs ,
Mettre un puissant obstacle à la noble victoire
Qu'il allait remporter pour se couvrir de gloire.

Non , non , très-chers chrétiens , voilà pourquoi Jésus,
Insensible à leurs pleurs , ne les écoute plus ,
Et que sans s'émouvoir , conservant son courage ,
Il court pour consommer son douloureux ouvrage.

Mais poursuivons toujours ! Enfin ce Dieu Sauveur ,
Arrive à la montagne accablé de sueur ,
Harassé , chancelant , même tout hors d'haleine ,
Ayant dans son chemin pris la plus grande peine.
Il était d'ailleurs faible , et presque agonisant ,
Privé de tout secours , sans force , tout tremblant.
Il avait essuyé de terrible orages ,
Avait encor souffert les plus sanglans outrages.
Il avait ressenti pendant sa passion ,
Tant de cruels tourmens et tant d'oppression ,
Qu'à peine (fatigué de ce dur exercice)
Pouvait-il parvenir au lieu de son supplice.

Hélas ! très chers chrétiens , quelle affreuse douleur ,
Quelle pénible angoisse , et plus grande frayeur ,
S'emparèrent de lui sur ce lieu funéraire ,
Qui bientôt deviendra son cercueil mortuaire !
Ah ! quel triste local ! Ah ! quel affreux séjour ,
Où Jésus est traîné pour prix de son amour !
C'était une montagne , infâme , abominable ,
Présentant au coup d'œil un aspect effroyable.
Couverte d'ossemens et de têtes de morts ,
Toute empreinte du sang qui paraît en dehors.
Les cadavres épars sont là sans sépulture ,
Leur vive infection révolte la nature.
Enfin , le seul regard du corps de ces brigands ,
De voleurs , d'assassins , et d'autres malfaisans
Qu'on y faisait mourir , n'offre que de tristesse ,
Et le cœur est navré de leur scélératese.

Voilà donc désormais le théâtre fatal
Destiné pour le Christ et le lieu spécial
Qui doit boire le sang du Sauveur adorable ,
Qu'il répandra bientôt pour amende honorable.

Voilà le lit d'honneur promis au souverain
De la terre , du ciel , et dont le grand dessein
Est de venir ici pour s'immoler pour l'homme ,
Et le faire héritier de son divin royaume.

Voyez-le maintenant au milieu des voleurs ,
Partageant avec eux leurs communes rigueurs.
Il est environné d'une troupe insolente ,
Qui pour l'anéantir se montre très-ardente,
Qui profère , vomit des imprécations ,
Exerce contre lui mille vexations :
Lui reproche en courroux des vices, des blasphêmes ,
Des noirceurs , des défauts , le couvre d'anathèmes.
Déchaine sur son corps sa barbare fureur,
Et se rit de ses maux sans aucune pudeur.

» Ah ! Seigneur , vous vouliez dans cette solitude ,
» Agoniser , mourir devant la multitude ,
» Et choisir un local qui fût très-élevé ,
» Pour mieux être aperçu , même mieux observé.
« Vous deviez, en suivant l'oracle du prophète,
» Etre couvert d'affrons , des pieds jusqu'à la tête , (18)
» Rassasié d'opprobre , endurer mille maux ,
» Et couronner ainsi vos pénibles travaux.
» Vos persécutions réveillent ma mollesse ,
» Confondent mon orgueil , excitent ma faiblesse ,
» Et m'apprennent encore à tout sacrifier ,
» Imiter vos vertus pour vous glorifier.

Voici donc le moment dur , cruel et pénible ,
Où du père éternel la colère inflexible
Eclate envers son fils sur l'autel de douleur,
Chargé de recevoir , ses soupirs et son cœur.
Les bourreaux sont ici prêts à finir l'ouvrage.
Leurs traits sont aiguisés , et leur âme sauvage ,

Va jouir d'un spectacle aussi compatissant ,
Qui pour eux néanmoins devient réjouissant.

Il est entre leurs mains qui font tomber ses chaînes
Avec tant de fureur , que le sang de ses veines
Coule de toute part et rougit leurs habits :
Ces tigres nonobstant demeurent endurcis.
On le dépouille , enfin , on lui quitte sa robe
Qui sera mise au sort ; toute sa garde-robe ,
Est en proie aux soldats qui vont la partager ,
Pour prix de leur salaire , et se dédommager. (19)
On le met tout à nu devant la populace ,
Qui pour se contenter le fixe avec audace.
Il consomme déjà son supplice cruel ,
Je le vois qui succombe , et comme cet Abel , (a)
Il va finir ses jours victime de l'envie ,
De la rage d'un frère et de sa barbarie. (b)
Voilà de cet ingrat les violens forfaits !
Voilà son crime énorme , et ses horribles traits ! (c)

Depuis trente-trois ans ce Sauveur adorable
Travaille , se contraint comme un vrai misérable ,
Gémit , souffre , s'agite en tout temps , en tout lieu ,
Sans avoir pu fléchir la colère de Dieu.
Jaloux de sauver l'homme , il le suit , il le cherche ,
Il vient pour s'incarner dans le sein d'une vierge.
Il naît dans une étable , et naît dans la douleur ,
Endure des saisons le froid et la rigueur.

(a) Caïn , qui tua son frère Abel par envie de sa vertu.

(b) On entend parler ici de Judas , l'un des douze apôtres , que Jésus daignait appeler ses frères et ses amis.

(c) Ces deux vers se rapportent au crime et à l'ingratitude
de Judas envers son maître.

Au sortir de la crèche , il va dans la boutique
D'un pauvre charpentier , dont l'état mécanique
Peut à peine suffire à ses seuls alimens ,
A ses premiers besoins et ceux de ses parens.
Il quitte ce local pour , dans la solitude ,
De veilles et soupirs faire son habitude,
Y vivre seul à seul dans le recueillement ,
Le jeûne , la prière et le renoncement.
A l'âge de trente ans il parcourt les campagnes ,
Et les lieux habités , se rend sur les montagnes ,
Pour instruire le peuple , et lui donner la loi ,
Lui prêcher l'évangile , et ranimer sa foi.
Malgré tout néanmoins, oui, malgré ces épreuves ,
Qui de sa sainteté fournissent tant de preuves ,
La vengeance céleste est là pour le punir ,
L'accabler de tourmens qui vont l'anéantir.
Que de larmes qu'il verse au jardin des olives ,
Que d'affreuses douleurs , que de peines plus vives ,
Que de coups redoublés , que d'infamations ,
Que de durs traitemens , que de compressions ,
Que de sang répandu , que d'angoisses mortelles ,
Que de rudes soufflets , que d'actions cruelles ,
Dont il est la victime ! et quoique très-souffrant ,
Quoique très-affaibli comme un agonisant ,
L'œil du père éternel est ici qui l'observe ,
Et son bras va bientôt l'immoler sans réserve.

   Il n'est plus pour ce Dieu ni grâce ni pardon ,
Il n'est plus de sursis ni de rémission ;
Et voici sans délai le moment détestable ,
Où fidèle à ses vœux , ce Sauveur tout aimable ,
N'espérant plus du ciel aucun puissant secours ,
Se couche sur la croix pour y finir ses jours.

On l'étend avec force, on le presse avec rage,
Chacun à cet effet ranime son courage.
On lui perce les pieds, on lui perce les mains (20).
A grands coups de marteau, des bourreaux inhumains
Enfoncent de gros cloux dans cette croix infâme,
Sur laquelle Jésus va bientôt rendre l'ame.

 « O glaive du Seigneur ! vous à qui j'ai recours,
» Arrêtez un moment ; frapperez-vous toujours
» L'honnête criminel dont je prends la défense,
» N'êtes-vous pas fléchi par son obéissance ?
» Vous eûtes néanmoins dans tout autre moment,
» Pour le jeune Isaac plus de ménagement, (21)
» En suspendant vos traits en pareille occurrence.
» Suspendez maintenant vos actes de vengeance
» En faveur de Jésus, de ce Dieu de douleur,
» Dont la compassion fait soulever le cœur.
» Vous employez encor pour son plus long martyre
» Des instrumens plus durs, plus lents à le détruire,
» Des marteaux et des cloux ; en choisissant aussi,
» Les membres de son corps qui peuvent être ici.
» Préservez des rigueurs dont il fut la victime,
» Et que son grand amour aujourd'hui nous exprime.
» Laissez-vous désarmer, réprimez votre ardeur,
» Oui, c'est assez, hélas ! calmez votre fureur.

 Mais, tout est inutile, et son heure est venue !
Ma prière devient aujourd'hui superflue.
Par de nouveaux excès il sera comprimé,
Dans bien peu de momens tout sera consommé.
Déjà j'entends du ciel une voix qui demande,
Qu'au plutôt de son corps Jésus fasse l'offrande.

 Le voilà sur la croix : considérons ses mains,
Prodiguant en tous lieux des secours souverains

A tant d'infortunés infirmes ou malades,
Qui recouraient à lui des villes et bourgades.
Examinons ses pieds, recherchant autrefois
Les pécheurs endurcis, qui, par sa seule voix,
Contrits, humiliés, implorant sa clémence,
Demandaient leur pardon, faisaient leur pénitence.
Les voilà maintenant, et ces pieds et ces mains,
Transpercés par des cloux, meurtris par des mutins,
Attachés à ce bois, désormais immobiles !
Ah ! puisons-y, chrétiens, des leçons très-utiles.
Le sang à gros bouillons coule de toute part,
L'œil triste n'en peut plus supporter le regard,
Les larmes, la pitié, sont notre seul refuge.
« Seigneur ! noyez nos cœurs dans ce nouveau déluge !
» Faites-nous profiter d'un sang si précieux,
» Qu'il nous unisse à vous, qu'il nous soit glorieux.
» Qu'il lave notre corps de toutes ses souillures,
» Eteigne dans nos cœurs ses liaisons impures,
» Afin qu'à l'avenir de nos crimes absous,
» Notre plus grand desir soit de vivre pour vous. »
On élève la croix, on l'enfonce, on l'agite,
On l'affermit, enfin, et par cette conduite,
Ces bourreaux, assassins, infâmes, oppresseurs,
S'arment contre Jésus de nouvelles fureurs.
Que de gênes, hélas ! que de peines mordantes,
Que de vives douleurs, de secousses cuisantes
Qui dissipent son corps ! Ses nerfs sont étendus,
Ses os sont disloqués, et ses sens confondus.
Tout son sang est versé, ses veines s'affaiblissent,
Elles ne coulent plus ; ses membres se roidissent ;
Ses entrailles, sa langue, et ses lèvres, enfin,
Par leur épuisement deviennent, à la fin,

6

Sans force sans vigueur, arides, desséchées,
Sans aucun mouvement, et presque inanimées.
Quelle sensation pour son cœur paternel !
Quel tableau déchirant, quel moment plus cruel !
Pour étancher sa soif, pour mieux lui faire outrage,
On va lui présenter un violent breuvage
De vinaigre et de fiel préparé méchamment
Voilà ce qu'on permet pour son soulagement. (22)
Quelle grande noirceur ! quel horrible supplice,
Nous dit saint Augustin ! quelle affreuse malice
Dans l'âme de ces juifs ! grand Dieu! de pareils traits
Sont pires que la mort et les plus noirs forfaits. (23)

Ici va s'accomplir l'oracle du prophète,
Que le Sauveur n'a pas où reposer sa tête. (24)
Et comment pourrait-il parmi ses grands malheurs,
De son présent état adoucir les rigueurs?
S'il applique à la croix sa tête couronnée,
Les épines déjà l'ont toute ensanglantée.
S'il la tient sur ses bras, les pointes à l'instant
Lui transpercent la chair, le rendent plus souffrant.
Si pour se soulager il l'abaisse et l'incline,
Ou sur son estomac, ou bien sur sa poitrine,
La grande pesanteur fait renverser son corps,
Déboîte tous ses os par ces nouveaux efforts.
Quelles grandes douleurs ! quelle vive torture !
Oh ! combien fut pénible une telle posture !

Malgré ses grands tourmens et ses oppressions,
Sans avoir nul égard aux persécutions
De tant de malheureux qui font tout pour lui nuire,
Qui voudraient aujourd'hui le briser, le détruire,
Il oublie un moment ses souffrances, ses maux,
Pour demander au Ciel grâce pour ses bourreaux.

Il s'écrie aussitôt : *Ah! pardonnez, mon père,*
Calmez votre courroux, ne soyez point sévère
Envers mes ennemis qui causent mon affront,
Sans connaître le crime et le mal qu'ils me font. (25)

 « O Seigneur ! qu'il est beau ce sublime langage !
» De votre charité c'est la fidèle image ;
» Mais cette beauté même augmente notre horreur
» Contre des assassins, qu'une telle douceur
» Ne peut encor calmer ; ainsi sans plus attendre,
» Vu que ces scélérats refusent de se rendre,
» Punissez en ce jour leur malice, leur tort,
» Leur noire perfidie, et vengez votre mort.
» Que cette horrible mort tout autour de leur table,
» Fonde au plutôt sur eux, les brise, les accable ! (26)
» Que le breuvage amer qu'ils vous ont destiné,
» Devienne leur boisson, qu'il soit empoisonné !
» Sans pouvoir l'éviter qu'ils soient pris dans leur piège !
» Que l'affreux déicide, et le grand sacrilège
» Dont ils se sont noircis procure leurs tourmens,
» Les rongent nuit et jour par des feux dévorans !
 Que leurs yeux soient toujours privés de la lumière,
א Que jamais le sommeil ne ferme leur paupière ! (27)
 « Que leur dos soit courbé sous le poids du malheur !
» Qu'ils soient même étrangers aux douceurs du bonheur !
 » Que de tant de forfaits ils deviennent victimes,
 « Qu'ils entassent encor crimes sur autres crimes ! (29)
 » Que leurs villes, leurs bourgs soient un vaste désert,
» Leurs habitations mises à découvert ! (28 *bis.*)
» Qu'ils sachent éprouver votre juste colère ! (28)
 » O mon Dieu ! qu'en tous lieux elle les désespère !
 » Plus vous souffriez de maux, plus ils vous ont vexé,
» En leur faisant du bien ils vous ont méprisé. (30)

» Livrez-les donc, Seigneur à leur dure malice !

» Que leur brutalité devienne leur supplice ! (31)

» Effacez-les soudain du livre des vivans ! (32)

» Le juste ne vit point parmi tant de méchans.

» Qu'on les confonde enfin avec les homicides,

» Avec les criminels, avec les déicides !

» Qu'ils errent dans le monde exilés, vagabonds,

» Et meurent dans la nuit des abîmes profonds !

« Qu'est devenu ce glaive étincelant, terrrible,

» Ce glaive destructeur, ce glaive inaccessible,

» Dont vous avez armé les célestes esprits,

» Qui gardent nuit et jour les clefs du paradis ?

» Ce glaive qui saisit Balaam dans sa route,

» L'arrêta sur le champ, mit ensuite en déroute

» Le roi de l'Assyrie, égorgea ses soldats,

» Ses chefs, ses généraux, vengea ses attentats ?

» Eh ! quoi, fut-il jamais d'occasion semblable,

» Qui puisse avoir paru pour vous si favorable ?

» Les malédictions d'un prophète irrité,

» Le châtiment d'un peuple, ou sa captivité,

» L'entrée et les douceurs d'un jardin de délices,

» Joui par des méchans, en proie à leurs caprices,

» Le pillage du temple avec tous ses trésors ;

» Le malheur d'un pays s'obstinant dans ses torts :

» Tant de punitions sévères, plus terribles,

» Tant de traits, tant d'horreurs aussi répréhensibles,

» Qu'est-ce qne tout cela pour être comparé,

» Et sous aucun rapport pour être préféré

» Au supplice d'un Dieu ? hélas ! esprits célestes !

» Fixez vos yeux sur lui dans ces momens funestes.

» Voyez-le, ce Sauveur, pâle, défiguré,

» Sanglant, percé de coups, et presque démembré.

» Considérez ici la grande défaillance,
» Ses douloureux tourmens : et quoi ! de sa naissance
» Vous avez autrefois fait retentir les airs, (33)
» Comme votre seul maître, avez dans les déserts
» Pourvu le plus souvent aux besoins de sa vie,
» Et l'avez ranimé pendant son agonie ! (34)
» Le méconnaissez-vous, n'est-il plus donc enfin,
» Au milieu de ses maux le maître souverain
» De la terre, du ciel, de tout ce qui respire,
» Qui peut tout, qui fait tout, et qui peut tout détruire?
Non ; non, très-chers chrétiens, le Sauveur veut souffrir,
Il veut s'humilier, il veut s'anéantir. (35)
Obéissant et doux il supporte ses chaînes, (36)
Son cœur est surchargé de chagrins et de peines.
Sans gémir, sans se plaindre il va pour son malheur,
Suivant que c'est prédit, mourir dans la douleur. (37)
Aussi refuse-t-il dans cette circonstance
Qu'on veuille le servir, qu'on prenne sa défense.
Oui ces tigres pourront assouvir désormais
Leur rage impitoyable et leurs affreux forfaits.
    Quel homme jusqu'ici dans sa vive souffrance,
Avait su comprimer sa juste impatience ?
    Zacharie expirant, se voyant obsédé,
Par des gens mutinés qui l'avaient lapidé,
Fait au ciel sa prière, *afin qu'il les punisse,*
Les accable de maux, et lui rende justice (38).
    Job maudit, dans l'excès de ses grandes douleurs,
Sa pénible existence et ses anciens bonheurs ; (40)
Répond à ses amis qui l'accablent d'outrages,
Avec un ton sévère et par de durs langages, (41)
Se plaignant même à Dieu dans son anxiété,
De souffrir trop de maux, d'être trop maltraité.

David, homme si doux, prêt à perdre la vie,
Appelle Salomon, lui dit, lui signifie
D'user de son pouvoir, de punir promptement
Joab et Semeï sans nul ménagement. (42)

Jérémie absorbé dans sa tristesse amère,
Voyant que contre lui les juifs pleins de colère,
Demandaient à grand bruit qu'il fût sacrifié,
Seigneur, s'écriait-il, *sans aucune pitié*,
Veuillez tout au plutôt en retirer vengeance,
Et faire de mon cœur triompher l'innocence. (43).

Les sept frères martyrs qu'on jeta dans le feu,
Avant d'être brûlés, s'adressèrent à Dieu,
Pour lui recommander de punir la malice
Du roi qui les vexait par cet affreux supplice. (39)

Enfin, le grand saint Paul dont les oppressions,
Les mauvais traitemens, les persécutions,
Etaient depuis long-temps pour lui très-ordinaires,
Se voyant souffleté par les ordres sévères
Du grand prêtre des Juifs, lui dit publiquement,
Que Dieu le frapperait impitoyablement (44).

« Mais, vous, divin Sauveur, n'agissez pas de même,
» Vous montrez, au contraire, une douceur extrême
» En faveur de tous ceux qui vous ont insulté,
» Qui se sont ris de vous, qui vous ont tourmenté ;
» Et daignant mépriser leur rage, leur audace,
» Au lieu de les punir, vous demandez leur grâce.
» Hélas ! quelle douceur, et quelle charité !
» Quels nobles sentimens, et quelle humanité !

Néanmoins, chers chrétiens, une telle conduite,
Une telle bonté n'ont point eu le mérite
De pouvoir désarmer ce peuple furieux,
Ces monstres dévorans, cruels, audacieux.

On répond à cela par de nouveaux outrages ,
On recommence encor de nouveaux persifflages ,
On n'entend tout au tour que voix , et cris confus ,
Que d'imprécations , qui défient Jésus
De terrasser la mort , de vaincre les obstacles
Qui le tiennent lié , d'opérer des miracles.

Descends de cette croix , fils unique de Dieu ,
Viens ici , lui dit-on , abandonne ce lieu. (45)
Es-tu roi d'Israël ? Fais-nous voir ta puissance ,
Et nous l'honorons de notre confiance.(46)
Descends sans plus tarder , nous croirons tous en toi ,
Tu seras notre Dieu , notre ami , notre Roi.
A tant de malheureux autrefois favorable ,
Rends-toi présentement un service semblable , (47)
Invoque Dieu ton père , il te protégera ,
T'enverra du secours , et te délivrera. (48)

Voilà de ces méchans quel était le langage ;
Voilà leur mauvais cœur , voilà tout leur ouvrage.
Les sénateurs , les juifs , les docteurs de la loi ,
Les prêtres , les soldats , chacun parle pour soi.

Ah ! bien loin d'écouter ces propos détestables ,
Jésus méprisera tous ces abominables ;
Il ne descendra pas de cette même croix ,
Il n'est point obligé d'obéir à leur voix.
Peut-il se compromettre ? et devra-t-il répondre
Au vœu des scélérats qui veulent le confondre?
Conviendrait-il aussi qu'il réglât son pouvoir
Sur leur ressentiment , sur leur vrai désespoir
Et qu'il sacrifiât son honneur et sa gloire
A leurs frêles désirs qui feraient leur victoire?

A quoi nous servirait son incarnation ?
Pourrait-elle opérer notre rédemption?

Dieu, qui veut nous apprendre à mépriser l'injure,
Même lorsqu'elle est vive, et qu'elle est de nature
A nous calomnier, se laissera fléchir,
Par un peuple insolent qui cherche à l'avilir!
Changerait-il de suite au gré de son caprice
Cette religion, dont le saint exercice
Nous donnera la paix, fera notre bonheur,
En nous rassasiant de joie et de douceur ?
Manquerait-il déjà d'accomplir sa promesse,
Voudrait-il violer la foi de sa sagesse,
Verrait-il sans pitié périr le genre humain,
Qui fonde son espoir sur son secours divin?
S'il est le fils de Dieu, c'est lui seul qui doit faire,
Outre sa volonté, tout ce qui peut lui plaire,
Endurer ses tourmens, finir sa mission,
Consommer son martyre avec sa passion.
S'il est roi d'Israël, il doit par son silence,
Comprimer des méchans les cris, l'extravagance;
Et s'il est souverain, il doit sur cette croix,
Terminer son ouvrage, expirer sur ce bois.
Sa mort cimentera pour toujours son empire,
Qu'aucun puissant effort ne pourra plus détruire.
  « Demeurez donc en croix, ô mon divin Jésus!
» Méprisez ce blasphème, et qu'ils soient confondus,
» Ces cruels ennemis qui vous comblent d'outrages,
» Et ne respirent plus que noirceurs et carnages!
» Mon cœur vous reconnaît pour son libérateur,
» Vous révère toujours comme son rédempteur.
» Vos langueurs, vos soucis, vos affrons, vos souffrances,
» Loin de me rebuter, comblent mes espérances.
» Heureux si je pouvais alléger vos chagrins,
» Déjouer les complots de tous vos assassins;

» Mais veuillez à défaut m'accorder votre grâce,
» De mon cœur endurci faire fondre la glace,
» Pardonner mes erreurs, mes infidélités,
» Me rendre encor vainqueur de mes iniquités.

Tel fut le sentiment du larron du Calvaire,
Dont le vrai repentir, la conduite exemplaire,
L'humanité, l'amour, le vif amendement,
Firent un bienheureux à son dernier moment.
Il voit son compagnon animé par la rage,
Adresser la parole avec un dur langage
A cet aimable Dieu condamné comme lui,
Qu'il provoque en disant, *sauve-nous aujourd'hui.*
Descends de cette croix, fuis, sauve-toi de même,
Et nous révérerons ta puissance suprême (49).

Mais cet heureux larron éclairé par la foi,
Reconnaissant Jésus pour son maître, son roi,
Le voyant opprimé malgré son innocence,
Met désormais en lui toute sa confiance.
Il reprend son complice, il blame ses propos (50),
Sa conduite, ses cris, ses discours aussi sots,
Et voulant le calmer, lui dit : *N'as-tu pas honte,*
De faire rejaillir l'affront qui te démonte (51),
Sur cet homme si doux qui n'a fait aucun mal,
Pour oser lui parler avec un ton brutal?
Ce n'est pas sans raison que nous sommes victimes
De tant d'iniquités, d'un grand nombre de crimes
Que nous avons commis ; mais quant à celui-ci,
Qu'on insulte, qu'on vexe, et qu'on immole ici,
Je sais que la candeur est son noble partage,
Je le déclare juste, et lui rends mon hommage.

O mon Seigneur, dit-il, *souvenez-vous de moi,*
Pardonnez mes forfaits en faveur de ma foi,

Je ne suis devant vous que néant, qu'un atôme,
Mais faites-moi jouir de votre heureux royaume (52).

Voilà donc un voleur qui dans le même instant,
D'infâme scélérat devient grand pénitent.
Hélas ! quel doux bonheur, quel étonnant spectacle,
Quel généreux effort, quel plus rare miracle !
Oui, le sang de Jésus fit de ce criminel
Le premier confesseur du bonheur éternel,
Un vengeur de la foi modèle de souffrance,
Modèle de vertu, modèle d'espérance,
Un modèle accompli d'édification,
Et le premier martyr de la religion.

Aussi ce doux Sauveur voyant son cœur sincère,
Fléchi par cet aveu, le traitant en bon père,
Lui répond que *bientôt, et dans le même jour,*
Il le fera jouir du céleste séjour (53).

« Grand Dieu ! quelle faveur, et quelle bienveillance
» A l'égard des pécheurs dont la résipiscence
» Est naïve, est fidèle ! heureux si quelque jour,
» Contrit et pénitent, je pouvais à mon tour,
» Sur mes affections remportant la victoire,
» Comme ce bon larron jouir de votre gloire ! »

Cependant Jésus-Christ toujours plein de douceur,
Absorbé dans sa peine, et sa vive douleur,
Se voyant délaissé, mais en butte à la rage
De ses persécuteurs, ranime son courage
Pour parler à son père, et lui représenter,
Que malgré qu'il l'invoque il ne veut l'écouter.
Mon père, lui dit-il, pourquoi dans mes souffrances,
Appesantissez-vous contre moi vos vengeances?
Ah! pourquoi vous étant très-affectionné,
Suis-je aujourd'hui de vous si fort abandonné (54)?

La terre au même instant se couvre de ténèbres,
Et le soleil se perd dans leurs ombres funèbres (55).
Il n'est plus lumineux, il fuit, va s'éclipser,
Il se cache à nos yeux, il veut nous refuser
Sa lumière ordinaire, afin de nous apprendre
Ce que tout vrai chrétien pourrait assez comprendre.
Oui, Jésus sur le point de terminer ses jours,
De mourir sur la croix pour revivre toujours,
Oui, les astres du ciel doivent être sensibles
A sa peine cruelle et se rendre invisibles,
Pour frapper de terreur ces monstres inhumains,
Qui d'un sang innocent avaient souillé leurs mains.

Ce fut alors, chrétiens, que Jésus voit sa mère,
Qui malgré son angoisse et sa tristesse amère,
Debout près de la croix, dilatant sa douleur,
Levait les yeux au ciel pour soulager son cœur (56).
Il aperçut aussi saint Jean l'évangeliste,
Dont le cœur défaillant, dont le visage triste,
Annonçaient son chagrin, sa grande affliction,
Ses tendres sentimens, sa consternation.

Leur présence et leur peine attendrirent son âme,
Pour eux son saint amour au plus vite s'enflamme,
Il leur parle et leur dit d'un ton faible et mourant :
Jean voilà votre mère, et vous femme un enfant (57).
Cette invitation ne devint point stérile,
Le vœu de Jésus-Christ fut à tous deux utile,
Et dès ce même jour, cette mère, ce fils,
D'une amitié sincère à jamais très-unis,
Le disciple chéri fut l'enfant de Marie,
Qui vécut avec Jean pendant toute sa vie. (58)

Que vois-je, juste ciel ! dans ce fatal instant,
Qui m'étonne si fort. J'entends ce Dieu souffrant

Proférer quelques mots qui sont si remarquables ,
Dont les expressions paraissent admirables.
Ah ! ces mots retraçant bien de moralités ,
Nous allons y puiser d'utiles vérités.

    Jésus reconnaissant qu'enfin les prophéties ,
Qui parlaient tant de lui venaient d'être accomplies ;
Que tout était fini , même tout confirmé ,
Dit , en termes exprès , que *tout est consommé*. (59)

    Méditons aujourd'hui cet oracle sublime ,
Retirons-en le fruit que sa voix nous exprime,
Et pour en profiter , faisons-nous un honneur,
De suivre les leçons qu'il dicte à notre cœur.

    Oui , *tout est consommé* ! la divine promesse ,
Que nous a fait le ciel dans sa sainte sagesse ,
Va bientôt s'accomplir , et tout est terminé ,
Suivant que l'Eternel l'avait prédestiné.
Les figures , leurs temps , les ombres disparaissent ,
Tous nos vœux sont remplis , tous nos désirs renaissent.
Ce que les vrais auteurs ont dit et rapporté
Sur ces évènemens , vient d'être exécuté.
L'observance chrétienne est enfin proclamée ,
La religion juive entièrement changée ;
Ses sacrifices saints sont nuls , sont abolis.
Ses mystères , ses chants pour toujours avilis.
Ses fêtes à jamais deviennent réprouvées ,
Elles n'existent plus, elles sont abrogées.
Ses rits , ses sacremens sont déjà profanés ,
Ses prêtres , ses autels, son culte abandonnés ;
Plus de temple de Dieu , ni plus de synagogue,
On n'en conservera que le saint décalogue ;
Le nouveau testament est tout à fai scellé,
L'évangile divin est aussi revélé.

Une nouvelle loi va nous être donnée ,
L'ancienne n'est plus rien , on la voit méprisée.
Ce sera désormais un ordre tout nouveau ,
Mais un ordre meilleur , et plus noble et plus beau.
Un ordre plus sublime, une obligation pure ,
Une victime encor réelle sans figure,
Un sacerdoce saint beaucoup mieux révéré ,
Un peuple plus fidèle et mieux considéré.
Des sacremens sacrés, plus grands plus efficaces,
Un temple plus auguste , et de plus belles grâces.
Une intime alliance , où l'esprit de ferveur
Régnera pour toujours, sans trouble sans aigreur.
L'affreuse idolâtrie est enfin confondue ,
Et sa frivolité visible , superflue.
Jésus a terrassé ses cruels ennemis :
Leur pouvoir est détruit, son royaume conquis.
Les démons rugissans n'ont plus de réceptacle ,
Le fausses déités ne rendront plus d'oracle.
La mort est sans pouvoir , les enfers sont fermés ,
Les juifs sont abattus , les justes proclamés :
Voilà notre rançon qui devient suffisante ,
Le sang de Jésus-Christ la rend exubérante.
Notre damnation ne subsistera plus ,
Nos monstres oppresseurs viennent d'être vaincus.
Et la terre , et le ciel , faisant la paix ensemble ,
Désespèrent Satan qui frémit et qui tremble.
L'Eternel satisfait pardonne le pécheur ,
Réprime sa colère , et son fils est vainqueur.
 » *Oui, tout est consommé* ! Sauveur si charitable,
» Vous nous avez instruits par ce sens admirable ,
» Que votre obéissance avait tout applani ,
» Que votre mission avait enfin fini.

» Hélas ! vous vouliez dire , *oui* , *cher et tendre père !*

» Que malgré mes tourmens, mon cœur toujours révère ,

» En fils obéissant , j'ai desuite rempli

» Vos aimables désirs , et j'ai même accompli

» Ce qui m'était prescrit pour sauver le coupable ,

» Obtenir son pardon , et vous le rendre aimable.

» J'ai souffert patiemment , me suis humilié ,

» Me suis anéanti , me suis sacrifié ;

» Me suis encor soumis à ce que la justice

» Exigeait de moi seul pour votre saint service.

» Rien ne m'a rebuté , ni courses, ni sueurs ,

» Ni calices , ni croix , ni tant d'autres rigueurs.

» J'ai suivi constamment ma pénible carrière ,

» Et pour pouvoir fléchir votre juste colère ,

» Je n'ai rien ménagé ; mais j'ai vu chaque jour

» S'accroître à votre égard , ma joie et mon amour,

» Mes soucis , mes affrons , mes vives doléances,

» Mes mauvais traitemens, mes douleurs, mes souffrances,

» Mes pénibles travaux , mes prédications ,

» La poursuite des Juifs , leurs malversations,

» Lorsque je parcourais leurs villes , leurs bourgades ,

» Ressuscitais leurs morts , guérissais leurs malades ,

» Tout m'a paru très-doux , ayant tout supporté

» Avec un grand courage et plus de fermeté.

» Je n'ai pas néanmoins lassé ma patience ,

» J'ai souffert mes malheurs avec persévérance ,

» Et pour faire aujourd'hui triompher mon effort ,

» Sans haine , sans chagrin , je vais subir la mort.

» *Oui*, *tout est consommé* ! mon sanglant sacrifice

» Ma flagellation , mon douloureux supplice

» M'ont déja consumé , m'ont réduit aux abois ,

» J'ai perdu la parole , et l'ouïe , et la voix.

» Mes os sont déboîtés, ils n'ont aucune force,
» Aucun puissant secours ici ne les renforce.
» Mon corps est déchiré, brisé de mille coups,
» Devenu le jouet et l'opprobre de tous.
» Mon sang est répandu, ma vie est languissante,
» Ma situation infiniment souffrante,
» Mes yeux anéantis sont tournés à la mort,
» Tout en moi dépérit, tout accable mon sort.
» Les mains ne peuvent plus me soulever la tête,
» Mes pieds sont enchaînés, et ma langue est muette.
» Mon esprit abattu, troublé par tant d'horreur,
» Et mon cœur si sensible opprimé de rigueur.
» *Je succombe, je meurs : mon âme à l'agonie*
» *S'envole de mon corps qui va perdre la vie.*
» *Je la place en vos mains dans ces derniers momens,*
» *Mon père (56 bis), recevez mes doux embrassemens.*
    Déjà Jésus n'est plus, le voilà qu'il expire, (60)
Et qu'enfin sur la croix il finit son martyre.
Soudain dans l'univers tout est en mouvement,
La terre bouleversée éprouve un tremblement. (61)
Le soleil s'obscurcit (62), mais, chose sans exemple
Qui vous étonnera, oui, le voile du temple
Se déchire au milieu, se met à deux lambeaux. (63)
Plusieurs saints aussitôt sortent de leurs tombeaux. (64)
Les rochers sont fendus, et toute la nature (65)
Dans la confusion, prend nouvelle figure ;
La nuit, l'affreuse nuit couvre subitement
La face de la terre, et jointe au tremblement,
Répandent de concert une frayeur horrible,
Inspirent dans les cœurs une crainte terrible.
    Et pourquoi voyons-nous ce deuil universel,
Et ce frémissement qui n'est point naturel ?

Hélas ! très-chers chrétiens, faut-il ici transcrire
Ce qu'un zélé païen qui cherchait à s'instruire,
Comprit assez lui-même en disant : *Pour toujours*,
L'auteur de la nature a terminé ses jours.

A des traits si puissans ce peuple déicide
Connaîtra-t-il son crime ; et ce grand parricide
Qu'il vient de consommer avec tant de fureur,
En sera-t-il contrit, l'aura-t-il en horreur ?
Ce deuil si général changera-t-il son âme,
Voudra-t-il donc toujours être ingrat, être infâme ?
Semblables aux rochers qui sautent en éclats,
Briseront-ils leurs cœurs, ces lâches scélérats ?
Non, jamais ces méchans ne feront pénitence,
Ils vivront dans le crime avec persévérance.

« Achevez donc, Seigneur, de les aveugler tous,
» Faites-leur ressentir votre juste courroux !
» Que leur affreux forfait, la peine qu'il mérite,
» Que l'obstination d'une telle conduite
» Soient dans tout l'univers parmi les nations,
« L'opprobre, la terreur, dans leurs successions !
» Qu'on sache à l'avenir, que personne n'oublie,
» Que vous êtes le Christ, le Sauveur, le Messie,
» Prédit de tous les temps, annoncé dans tout lieu,
» Le fils de l'Eternel, le véritable Dieu !
» Que toujours votre mort soit pour ces infidèles,
» Le signal malheureux des peines éternelles!
» Que dans le monde entier, notre religion
» Comprime des méchans la persécution,
» Afin que votre loi, toujours très-adorable,
» Protége l'innocent, terrasse le coupable.
» Frappez, enfin, frappez ces indignes mortels
» D'un effroi salutaire, et que ces criminels

» Reconnaissant un jour qu'ils ont été coupables,
» Qu'ils ont eu de grands torts, qu'ils sont inexcusables,
» Embrassent avec nous cette religion,
» Et vivent à jamais dans la même union!
　Déja tout s'accomplit, et ce peuple rebelle
Va tomber au pouvoir d'une troupe fidèle
De citoyens Romains qui vient pour l'asservir,
Le soumettre à son joug ou le faire mourir.
Dans peu Jérusalam, ses fertiles contrées,
Ruisselantes de sang, vont être consumées.
Les hommes périront, tout y sera souillé,
Tout sera dans l'horreur, tout y sera pillé.
On n'y découvrira que de spectres et d'ombres,
Que de débris épars, des cendres, des décombres,
Des maux affreux, de deuil, des tombeaux, d'ossemens,
Des désolations, des cadavres fumans.
Ainsi ce peuple juif dur, criminel, sauvage,
Détesté dans tous lieux par son grand brigandage,
Luttant contre sa rage et son affliction,
Ne verra plus l'éclat de sa chère Sion.

———————

PARAPHRASES

SUR LE STABAT MATER.

I.

Livrons ces juifs ingrats à toute leur furie,
Laissons-les déplorer les maux de leur patrie :
De plus puissans motifs, des objets plus fervens,
Vont exciter ici nos pieux sentimens.
Considérons Marie (66) : ah ! dans ce jour d'alarmes,
Aux pieds de son cher fils, toute fondante en larmes,
Sanglotant de tristesse, elle ne cessait plus
De pleurer, de gémir, de contempler Jésus. (67)

II.

Réduite à l'abandon d'un sort si pitoyable,
Son cœur anéanti, toujours inconsolable, (68)
Plongé dans les chagrins, surchargé de rigueurs,
Fut sans cesse brisé de mortelles douleurs.
Hélas ! quel désespoir, quelle peine accablante
De voir son fils chéri sur une croix sanglante,
En proie à des bourreaux, qui sans aucune horreur,
Osent verser son sang avec tant de fureur.

III.

Oui son abattement est incompréhensible, (69)
Et surpasse l'effort d'un esprit si sensible ;
O ciel ! ce doux Sauveur objet de son amour,
Percé de mille coups dans ce triste séjour,
Succombe sous ses yeux par un affreux supplice.
Innocent, néanmoins, il meurt en sacrifice,
Pour qui ? Pour des ingrats et pour des ennemis,
Qui malgré ses bienfaits demeurent endurcis.

IV.

D'après un tel tableau, quoi ! serait-il possible (70)
De trouver un mortel qui parût insensible
A l'état désolant qui déchirait son cœur,
Comprimé par la crainte et par tant de frayeur ?
Quelle est l'ame aujourd'hui qui, sans être affectée,
Verrait tranquillement une Vierge affligée,
En butte à ses malheurs, aux pieds de cette croix,
Souffrir dans un seul jour tant de maux à la fois. (71)

V.

O vous ! Mère de Dieu, Mère de la nature, (72)
Vous, de toute vertu source féconde, pure,
Daignez me recevoir dans vos tristes soucis,
Afin que comme vous je pleure votre fils.
Que je sois enflammé d'amour, d'un noble zèle, (73)
Pour paraître à vos yeux plus chaste, plus fidelle,
Et devenir l'objet des vos chères faveurs,
Qui me procureront mille et mille bonheurs.

VI.

Faites que vos chagrins, que vos douleurs cruelles,
Vos larmes, vos soupirs, vos souffrances mortelles,
Attendrissent mon cœur dans ce fatal instant,
Fondent sa dureté, le mettent au néant ;
Et tandis qu'en ce jour, pour moi Jésus expire, (74)
Qu'on l'accable de maux, qu'enfin on le déchire,
Je puisse partager ses tourmens, ses malheurs,
M'affliger avec lui, me noyer dans mes pleurs.

VII.

Qne ne m'est-il permis à cette croix si sainte, (75)
Qui du sang de Jésus est déjà toute empreinte,
D'attacher comme vous mon esprit et mon cœur ;
Que je serais heureux d'avoir cette faveur !

Oui mes vœux, mes souhaits, ma plus pressante envie, (76)
Seraient de ressentir pendant toute ma vie
Vos douceurs, vos bienfaits, votre protection,
Mériter à jamais votre intercession.

VIII.

Vierge du pur amour ! que l'Eternel admire (77),
Faites que désormais sans cesse je soupire
Après mon doux Sauveur qui vient mourir pour moi,
Qui vent me ranimer par le feu de la foi :
Que sa mort soit aux yeux de mon âme fervente, (78)
Pour comble de bonheur, à tout moment présente.
Afin qu'en le voyant étendu sur la croix,
Je consacre à sa gloire et mon cœur et ma voix.

IX.

Que je serais content si dans ses meurtrissures,
Si dans ses pieds percés, dans ses vives blessures, (79)
Je pouvais affermir mon esprit tout entier,
M'y fixer pour la vie et m'y sacrifier ;
Mais, veuillez, à défaut, que votre sainte flamme (80)
Me protège en ce jour et défende mon ame,
A toute heure, en tout temps, mais principalement
Quand nous comparaîtrons au dernier jugement.

X.

Enfin, si Jésus-Christ pour moi se fait victime,
S'il daigne par sa croix anéantir mon crime,
Je dois me dépouiller de toute ma froideur,
Mortifier mes sens, vivre dans la ferveur ;
Afin qu'à mon décès l'ame tout épurée, (81)
Unie à mon Sauveur, par ses anges guidée,
Puisse obtenir de lui pour prix de son amour,
La grace d'avoir part au céleste séjour.

En nous apitoyant sur le sort de Marie ,
En plaignant ses chagrins , sa pénible agonie ,
Bornerons-nous nos vœux dans cette occasion ,
A répandre des pleurs d'humble compassion.
Tous ces pleurs , chers chrétiens , sont de bien faibles armes ,
Jésus-Christ ne fût point attendri par les larmes
Que versèrent sur lui dans de pareils momens ,
Les femmes du Calvaire à ses derniers instans.
Ne pleurez pas sur moi , dit ce Sauveur suprême ;
Mais faites réjaillir vos larmes sur vous même. (82)
Toutefois le motif doit en être aujourd'hui ,
Infiniment sublime et plus digne de lui.
Songeons qu'à notre Dieu par nos scélératesses ,
Par nos mauvais desseins , nos coupables faiblesses ,
Nous avons procuré les plus affreux tourmens ,
L'avons déshonoré par nos déréglemens ;
Et que s'il a souffert des douleurs temporelles ,
C'est pour nous éviter des peines éternelles ;
Que nos crimes encor ont fait verser son sang ,
Ont déchiré son cœur , ont fait percer son flanc ;
Que de sa mort enfin nous sommes très-coupables ,
Et comme tous les juifs cruels et punissables.
  Oui , oui , tous les pécheurs deviennent ses bourreaux.
Ils sont aussi méchans , ils sont aussi brutaux.
Quel est l'homme aujourd'hui qui sans se contredire ,
Voudra pour s'excuser sincèrement nous dire
Tout ce que Daniel rapportait autrefois
Au sujet de Suzanne , en élevant la voix
Devant le peuple Juif : *Je ne suis point coupable*
Du sang de cette femme , et ne suis point blamable.(83)
Que chacun donc répète : Oui , je suis innocent
De la mort de Jésus. Oh ! très-certainement,

Personne n'osera tenir un tel langage,
Ni se rendre à lui seul un pareil témoignage.
    Parlons dans ce moment avec plus de candeur,
De l'humble centenier imitons la ferveur, (84)
Admirons le respect de ces femmes pieuses,
Pleines de sentimens, fidèles, vertueuses,
Qui furent les témoins de toutes les horreurs
Dont Jésus fut victime, et qui versaient des pleurs. (85)
Retirons-nous enfin de ce mont funéraire,
Frappons notre poitrine en quittant le Calvaire.
Pleurons amèrement, déchirons notre cœur, (86)
Ayons de nos péchés une vive douleur,
Soyons-en bien contrits, lavons-les dans nos larmes,
Afin de n'être plus entraînés par leurs charmes.
Confessons tous ici le plus naïvement,
Que Jésus-Christ fait homme est véritablement
Fils unique de Dieu, semblable à Dieu son père,
Honoré, revêtu du même caractère ;
Que son amour pour nous l'attacha sur la Croix,
Voulant de nos délits seul supporter le poids, (87)
Que nous sommes auteurs de cette mort tragique,
Qu'avec soumission, un courage héroïque
Il a voulu subir ; qu'encor nous désirons
Du plus profond du cœur, et que nous promettons
D'être dorénavant résignés, plus fidelles
A ses commandemens, à ses lois paternelles.
Jurons d'avoir pour lui l'amour le plus parfait,
L'estime la plus pure, un plus profond respect,
Que nous ferons aussi ce qui peut lui complaire,
En détestant le mal qui pourrait lui déplaire.

PARAPHRASES.

Sur le pseaume 85, Inclina Domine, etc.

Disons avec David : « Exaucez-moi, Seigneur,
» Et prêtez votre oreillle aux accens de mon cœur. (88)
» Je suis abandonné, je suis dans l'indigence ;
» Mais protégez mes jours, sauvez mon innocence. (89)
» Que j'évite les coups qui vont tomber sur moi,
» Je l'espère en ce jour, ô mon souverain roi.
» Laissez-vous attendrir par mes cris, par mes larmes,(90)
» Votre amour à jamais aura seul tous mes charmes.
» Ayez pitié de moi, consolez-moi, grand Dieu,
» Je me soumets à vous ; je vous en fais l'aveu.
» Venez à mon secours dans mon deuil, dans ma peine,
» Que votre bras puissant me sauve, me soutienne,
» Votre cœur est rempli de vertu, de bonté,
» De grace bienfaisante, autant d'aménité. (91)
» Vous daignez accueillir tous ceux qui vous invoquent ;
» Mais votre bras punit tous ceux qui vous provoquent.
» Veuillez bien écouter mes soupirs et ma voix, (92)
» Fixer sur moi vos yeux du haut de votre croix.
» Dans mon affliction je vous fais ma prière,
» La rejetteriez-vous ? elle est pure, sincère. (93)
   » Et quoi! parmi les dieux que l'incrédulité,
» L'ignorance ou l'erreur ont jadis inventé,
» En sera-t-il aucun, Seigneur, qui vous ressemble,
» Qu'on doive comparer ou réunir ensemble? (94)
» Aucun qui puisse même égaler vos travaux ?
» Ils sont tous sans pouvoir, inanimés et faux.
» Aussi les nations que vous avez créées,
» Qu'à la religion vous avez appelées, (95)

» Viendront se prosterner devant votre grandeur,

» Pour vous glorifier, pour vous offrir leur cœur ;

» Et vous adoreront dans vos saints tabernacles,

» En voyant que vous seul opérez les miracles. (96)

    » Conduisez-moi, Seigneur, par de purs sentimens,

» Dans le sentier chéri de vos commandemens. (97)

» Fixé dans le chemin de l'aimable justice,

» Daignez me maintenir dans ce saint exercice.

» Remplissez-moi de joie, et pour vous bien servir,

» Rendez-moi plus ardent à mieux vous obéir.

» Vos bienfaits resteront gravés dans ma mémoire,

» J'exalterai partout votre nom, votre gloire, (98)

» Mon esprit et ma voix toujours vous loueront,

» Ils vous sont dévoués, ils vous honoreront,

» Ayant déjà senti l'effet de votre grâce,

» Qui les a convertis par son don efficace,

» Qui vient par un prodige éclatant et nouveau,

» Les délivrer encor de l'horreur du tombeau. (99)

    » Seigneur, qui protégez l'innocent et le sage,

» Mes ennemis jaloux, étincelans de rage,

» Cherchent à me détruire, et pour y réussir,

» Se donnent le signal pour me faire mourir.

» Ils osent mépriser votre toute-puissance,

» Braver votre saint nom, même votre vengeance ;

» Mais vous infiniment miséricordieux, (101)

» Grand Dieu ! mon seul appui, fixez sur moi vos yeux.

    » Veuillez avoir pitié d'un mortel misérable,

» Détournez les fléaux dont déjà l'on m'accable. (102)

» Rendez, je vous supplie, à votre serviteur,

» Son empire, ses droits, sa force, son honneur,

» Et conservez le fils d'une mère chérie,

» Qui respecta vos lois pendant toute sa vie.

» Faites paraître en moi votre insigne bonté,
» Enrichissez mon cœur de votre pureté, (103)
» Que ces hommes, enfin, dont la haine est extrême,
» Voyant que désormais votre bonté suprême
» Sera mon doux soutien, ma consolation,
» En rougissent de honte et de confusion. »
  Après avoir suivi ma pénible carrière,
Entretenu mon cœur dans sa douleur amère,
Finissons, c'est assez, il ne me reste plus
Qu'à vous montrer la croix sur laquelle Jésus,
Victime de l'amour pour un peuple insensible,
A voulu terminer par une mort horrible
Sa course pénitente, et les rudes travaux
Auxquels il se livrait pour terminer nos maux.
  Voilà ses saints exploits, son humble obéissance,
Voilà ce qu'il a fait, voilà sa récompense.
Que fallait-il de plus pour nous justifier ?
Pouvait-il mieux agir pour nous sanctifier ?
Ne nous montrons jamais obstinés ni rebelles,
Méritons ses faveurs, soyons-lui plus fidèles.
Imitant son exemple, aimons nos ennemis, (104)
Prodiguons-leur des biens, mais des biens infinis.
C'est lui qui nous le dit ; oui, nous devons le faire,
Suivre ses volontés, obéir et nous taire.
Remplir fidèlement nos obligations,
Rapporter à son nom toutes nos actions.
Ranimons nos esprits en grande confiance,
Mettons en ce Sauveur notre unique espérance,
Vivons pour le servir, expirons sur la croix,
Et donnons-nous à lui pour la dernière fois.

PÉRORAISON.

« Voilà ce bois sacré, ce signe salutaire,
» Arboré par les Juifs sur le Mont du Calvaire.
» C'est cette même croix qui pour dernier renfort,
» Nous sera présentée à l'heure de la mort ;
» Mais, hélas ! chers chrétiens, dans ce moment pénible,
» Moment si décisif, si cruel, si terrible,
» Qui sait si nous aurons la possibilité,
» Le courage, le temps, toute la liberté
» De la voir à notre aise et de la reconnaître ;
» Nous jeter à ses pieds, lui dire, lui promettre
» Que bien sincèrement nous voulons dès ce jour,
» Jusqu'au dernier soupir, vivre dans son amour ?
» Hâtons-nous tous ensemble aujourd'hui de le faire,
» Chassons de notre cœur ce qui peut le distraire,
» Et gravons à jamais dans notre souvenir,
» Le spectacle touchant qu'elle vient nous offrir.
    » Considérons ce chef percé de mille épines,
» Ces cheveux teints de sang jusques dans leurs racines ;

» Ce visage livide et couvert de crachats ,

» Dénaturé, meurtri par tant de scélérats.

» Ces yeux baignés de pleurs , cette bouche sacrée

» De vinaigre , de fiel méchamment abreuvée.

» Ce corps brisé de coups , déchiré par les fouets ,

» Dont il fut accablé par d'infâmes valets.

» Ces mains , ces pieds percés , ce flanc percé de même ,

» Ce cœur anéanti d'une douleur extrême ,

» Toujours ouvert pour nous , prêt à nous recevoir ,

» Si sur lui nous voulons établir notre espoir.

» Oui, ces contusions sont des voix éloquentes ,

» Des cris remplis d'amour , des prières puissantes ,

» Qui demandent au ciel , avec grande ferveur ,

» Grâce , miséricorde à l'égard du pécheur.

    » Hommes vindicatifs ! ambitieux , avares ,

» Hommes voluptueux, trop cruels , trop barbares ,

» Considérez ici les douleurs de Jésus ,

» Et comptez sur son corps les coups qu'il a reçus.

» Soyez donc attendris par ses grandes souffrances ,

» Que ses derniers accens désarment vos vengeances ,

» Que ses cris moribons ramollissent vos cœurs ,

» Et par la pénitence obtenez ses faveurs.

» Domptez vos passions , faites-vous violence :

» Le sang d'un Dieu mourant parle avec éloquence,

» Ses larmes , ses malheurs vous disent aujourd'hui ,

» Qu'il doit par cette croix vous attirer à lui ;

« Qu'il veut par son pouvoir vous sortir de l'abîme

» Qui vous tient enchaînés , qui même vous opprime.

» Abandonnez le monde en fuyant ses plaisirs ,

» Sur cette même croix immolez vos désirs !

» Prenez-là dans vos bras en grande confiance ,

» Avec un cœur contrit , avec reconnaissance.

» En l'embrassant ainsi , vous y découvrirez

» Vos péchés , vos défauts ; vous y ressentirez

» Vos attraits sensuels , vos indignes faiblesses ,

» Toutes vos vanités et vos scélératesses.

» Vos yeux apercevront , à votre grand regret ,

» Pour votre turpitude et pour votre intérêt ,

« Vos dissolutions , sans nulle repentance ,

» Vos crimes , vos noirceurs , sans nulle pénitence.

» Ces criminels objets , si vous avez d'honneur ,

» Vous paraîtront affreux , briseront votre cœur ;

» Mais n'en restez pas là , corrigez tous ces vices ,

» Par des privations , par de saints exercices.

   » Regardez ce Sauveur , expirant sur la croix ,

» Recueillez ses soupirs , écoutez bien sa voix.

» *Il ne veut que vous seuls pour prix de sa souffrance,*

» Vous dit-il , *votre amour sera sa récompense.*

» Il meurt à votre place , il meurt pour vous sauver ,

» Et comme caution il vient vous délivrer.

» Enfin , pourquoi meurt-il. Ah ! c'est qu'il vous estime ,

» Tels sont les sentimens que son cœur vous exprime.

» Hélas ! votre tendresse , ainsi que votre ardeur ,

« Votre compassion , votre honnête pudeur ,

» Ne peuvent maintenant vous arracher des larmes :

» La passion d'un Dieu pour vous aurait des charmes.

» Il verse tout son sang , vous n'en faites pas cas ;

» Il le verse pour vous , et vous ne pleurez pas.

» Une telle conduite est pire qu'un blasphême ,

» Vous êtes des ingrats , vous êtes anathème.

   » Quoi ! tandis que Jésus a tout sacrifié ,

» Qu'il s'est vu méchamment meurtri , crucifié ,

» Pour racheter votre âme et vous donner la vie ,

» Que vos corruptions auraient bientôt ravie ,

» Vous vous refuserez de consacrer vos jours
» A pleurer votre perte , à la pleurer toujours?
» Et qui pourra penser , qui pourra même croire
» Qu'un Dieu soit désireux , veuille se faire gloire
» D'affronter de bon gré les plus cruels tourmens ,
» Pour rompre les liens de vos égaremens ,
» Lorsque vous vous plaignez quelques peines légères,
» Quelques afflictions douces et passagères ,
» Afin d'obtenir grâce auprès de l'éternel ,
» Mériter à jamais son amour paternel?
   » Quelle rigueur enfin exige-t-il de l'homme ,
» Qu'on puisse comparer au prix de son royaume ?
» Que voudra-t-il de lui pour toutes ses faveurs ,
» Qui doive surpasser ses plus vives douleurs?
» Que lui demande-t-on d'onéreux , de terrible ,
» Qui devienne exigeant , qui lui soit trop pénible?
» La fuite des plaisirs lorsqu'il y a de l'abus ,
» L'abandon de ces biens qui lui sont superflus,
» Le pardon et l'oubli de l'injure reçue ,
» La restitution de l'usure perçue ,
» L'amour de son prochain , celui des ennemis ,
» De tous affreux excès la haine , le mépris ;
» Le changement de vie , et l'aveu de ses crimes ,
» Qui le tiennent plongé dans de profonds abîmes.
   » Voilà , très-chers chrétiens, ses véritables vœux ,
» Que pour son grand regret il voit infructueux.
» Que n'a-t-il pas souffert pour terminer nos peines ?
» Son sang pour notre amour ruisselle de ses veines,
« Il voit son innocence , il voit sa sainteté ,
» En butte à tous les traits de la férocité.
» Sa personne avilie , encor plus dénigrée,
» Poursuivie en tous lieux , pour jamais abhorrée.

» Son corps exténué, brisé de mille coups,

» Devenu le jouet, le scandale de tous.

» Sa soif, sa nudité, l'opprobre, l'infâmie,

» Enfin sa mort tragique, et son ignominie

   » Ah ! lorsque vous voyez que pour votre bonheur,

» Jésus offre son corps, sa vie et son honneur,

» Vous venez hardiment, pour toute bienveillance,

» Payer ses grands bienfaits de tant d'indifférence,

« Ne rien faire pour lui, vous contenter sur tout,

» Suivre votre penchant, pour flatter votre goût.

   » Vous vous êtes perdue, âme voluptueuse,

» Vos péchés, vos défauts vous rendent malheureuse.

» Malgré tout, Jésus-Christ se montre assez humain,

» Afin de vous sauver pour vous tendre la main,

» Et vous voulez toujours nager dans vos délices,

» Ne vous gêner en rien, vivre dans vos caprices?

   » Vous avez encouru les peines de l'enfer,

» En vous abandonnant aux désirs de la chair;

» Pour vous en retirer ce Dieu s'offre en victime,

» Enchaîne le démon, le terrasse, l'opprime,

» Et l'en remerciez en vous couvrant de fleurs,

» Ranimant vos plaisirs, goûtant mille douceurs?

   » Oh ! si les sentimens de la condoléance

» Excitaient votre cœur à la reconnaissance,

» *Pourquoi, mon doux Sauveur, sans l'avoir mérité,*

» *Est pour moi, diriez-vous, aussi fort maltraité?*

» Vous pleureriez son sort, écouteriez ses plaintes,

» Et devenu sensible à toutes ses contraintes,

» Embrassant cette croix, vous lui diriez souvent :

   » *Pourquoi, Seigneur, pourquoi tant de ménagement*

» *Pour un pécheur ingrat, pour un pécheur rebelle,*

» *Qui malgré vos bontés est encor infidèle?*

» *Je me jette à vos pieds, ah! qu'il me serait doux*

» *De monter sur la croix, d'y mourir près de vous.*

» *Que j'y sois attaché, que je vous y remplace :*

» *Je veux dès ce moment y tenir votre place.*

» *Ordonnez que j'expire ici dans les tourmens ,*

» *Qu'ils deviennent pour moi plus affreux , plus cuisans ,*

» *Ou que si vous usez envers moi d'indulgence ,*

» *Dès l'instant , pour toujours , je fasse pénitence.*

» De ces grands sentimens vous pouvez vous nourrir ,

» C'est ce langage saint que vous devez tenir.

» En vain tenteriez-vous d'éluder davantage ,

» La mort d'un Dieu Sauveur est votre unique ouvrage.

» Il est vrai que son père avait tout arrêté ,

» Et que ce peuple juif a tout exécuté ;

» Néanmoins est-il vrai que vos crimes horribles ,

» Vos dissolutions autant repréhensibles ,

» Ont irrité le ciel , animé son courroux ,

» Armé son bras vengeur prêt à fondre sur vous.

» Hélas ! sans ce Sauveur que deviendraient vos âmes ,

» Satan les plongerait dans d'éternelles flammes ;

» Mais sa miséricorde à voulu vous sauver ,

» Au mépris des tourmens qu'il devait endurer.

» D'après ces vérités sera-t-il de souffrance ,

» Qui doive refroidir votre reconnaissance?

» Est-il plaisir si grand qui flatte votre cœur ,

» Vous procure la paix , fasse votre bonheur ?

» *J'ai fait mourir mon Dieu! quelle triste pensée !*

» *Mon âme de chagrin est toute comprimée :*

» *J'ai fait mourir mon Dieu! cessez de m'alarmer*

» *Perte de biens, d'amis ; cessez de me charmer,*

» *Gloire, plaisirs, honneurs, mondanités, richesses ,*

» *Qui m'avez jusqu'ici perdu par vos caresses ,*

» *Ah ! je renonce à vous, oui j'abandonne tout,*
» *A vos lâches attraits je ne prends plus de goût.*
» *La mort d'un Dieu Sauveur dont je suis seul la cause,*
» *Anéantit mon âme, et d'autres lois m'impose.*
» *Retirez-vous de moi, vous n'aurez plus mon cœur,*
» *La perte de mon Dieu m'accable de douleur.*

   » Nous pleurons chaque jour des morts inévitables,
» Le décès d'un parent nous rend inconsolables,
» Et quoique à ces malheurs nous soyons étrangers,
» Nous n'en sommes pas moins très-long-temps affligés ;
» Quoi ! nous ne pleurons pas la mort d'un Dieu fait homme,
» Qui par sa passion nous gagne son royaume !
» Malgré qu'il soit certain que ce Dieu Rédempteur
» Vient faire à notre égard l'office de Sauveur,
» Que ses fers, ses tourmens, sont notre seul ouvrage,
» Nous en sommes touchés comme d'un badinage.

   » Ah ! quelle ingratitude ! ah ! quel comble d'horreur,
» Quelle infidélité, quelle grande noirceur !
» Jésus-Christ néanmoins fera de son supplice
» Son tribunal suprême et son lit de justice.
» Mais comme les pécheurs n'écoutant plus sa voix,
» Ont poursuivi sa mort sur l'arbre de la croix,
» Que bien loin de gémir de leur indifférence,
» Ils vivent sans regret, meurent sans pénitence,
» Par cette même croix, au jour du jugement,
» Ils seront tous jugés irrévocablement.
» Bienheureux seront donc ceux qui l'auront suivie,
» Qui même en auront fait les douceurs de leur vie !
» Elle sera pour eux à la fin de leurs jours,
» Leur triomphe, leur paix, leur gloire pour toujours.
» Quel malheur, quel tourment pour ceux qui s'avilissent
» Au point de l'abhorrer, et qui se pervertissent !

» Sa présence fera leur condamnation ,

» Leur affreux désespoir , leur réprobation.

» O croix de mon Sauveur ! ô croix toute adorable !

» Gage de mon salut , ressource intarissable ,

» Prosterné devant vous , je verse mille pleurs ;

» Quoique très-criminel, implore vos faveurs.

» Sur votre bois sacré Dieu fit sa pénitence ,

» Vous fûtes l'instrument de sa vive souffrance :

» C'est donc vous aujourd'hui que je veux consulter,

» Vous seule, en ce grand jour, que je dois imiter.

» Vous que je veux chérir , quoique très-rigoureuse ,

» Vous , que je porterai , quoique plus onéreuse ;

» Que je veux malgré tout , arborer dans mon cœur,

» Vous qui devez enfin faire mon vrai bonheur.

» Daignez, Croix de mon Dieu , m'accorder cette grâce,

» Chassez de mon esprit ce qui tient votre place ;

» Que dans vos bras la mort me trouve soupirant ,

» Après le calme heureux de David repentant ;

» Et qu'à chanter partout vos sublimes merveilles ,

» Je consacre à jamais mon cœur , ma voix, mes veilles.

» Hélas ! Si mes souhaits pouvaient être accomplis ,

» Je serais satisfait, mes vœux seraient remplis.

» Sacré Cœur de mon Dieu ! Cœur rempli de tendresse

» Pour tous les grands pécheurs, soutenez ma faiblesse ;

» Soyez-moi favorable , et veuillez en ce jour ,

» Etre mon seul espoir, l'objet de mon amour ,

» Le centre de mes vœux, ma paix, ma confiance ,

» Mon fidèle secours, mon unique espérance.

» Que je retrouve en vous mon vrai contentement ,

» Ma félicité pure et mon délassement.

» Dans votre cœur percé, que je me refugie ,

» Ce plaisir me sera plus flatteur que la vie.

» Ouvrez à mes désirs ce toit hospitalier,

» Cet auguste séjour d'un bonheur tout entier.

» Satan me tient pressé sous un dur esclavage ;

» Ah ! que ma liberté soit enfin votre ouvrage !

» Ne m'abandonnez pas dans mes derniers momens,

» Laissez-vous attendrir par mes gémissemens,

» Je m'offre de bon gré pour vous en sacrifice,

» Disposez de mes jours, et soyez-moi propice.

   » Seigneur ! mon doux Jésus, ayez pitié de nous,

» Oubliez nos forfaits, calmez votre courroux.

» Plus vous souffrez des maux, plus notre espoir augmente,

» Plus notre foi renaît, moins elle est chancelante.

» Nos cœurs ont tous saigné du dard dont nos aïeux,

» Infectés du poison d'un orgueil odieux,

» Percèrent votre flanc, et noircirent leur vie

» Des projets les plus bas qu'excite la furie.

» Oui, d'un tel attentat nous avons à rougir ;

» Comment, avons nous dit, pourrons-nous vous fléchir ?

» Ne nous imputez pas un crime si funeste,

» Faites-nous éviter la vengeance céleste ;

» Et tremblans à vos pieds dans notre affliction,

» Recevez nos soupirs en réparation.

» Vos peines, vos affronts seraient-ils inutiles,

» Nos cœurs à votre voix seraient-ils indociles ?

» Non, mais punissez-nous, Dieu ! nous le méritons ;

» Plus vous nous frapperez, plus nous vous aimerons.

» Nous sommes vos enfans, vous êtes notre père,

» Nous avons irrité votre juste colère ;

» Malgré tout, mon Jésus, pardonnez aux pécheurs ;

» Daignez les préserver des traits de vos fureurs. (105)

» Laissez couler sur nous votre sang adorable,

» Que vous offrez au ciel pour amende honorable ;

» Il aura la vertu de nous purifier ,
» De nous rendre meilleurs, de nous sanctifier.
» Honorez-nous aussi d'un regard salutaire ,
» Semblable à ce regard qui , sur le Mont Calvaire ,
» Convertit le larron qui mourut près de vous ,
» Nous serons tous sauvés, nous serons tous absous.
» Oui , très-sincèrement nous voulons sans demeure ,
» Vivre sous votre loi jusqu'à la dernière heure ;
» Vivre en portant la croix , pour vivre dans vos bras ,
» Ce sont nos vœux ardens , Seigneur , n'en doutez pas.
» Donnez-nous le pouvoir de mourir à nous-mêmes ,
» D'enchaîner nos plaisirs ; de leur dire anathème !
» D'embrasser vos genoux , les arroser de pleurs ,
» D'une humble pénitence endurer les rigueurs.
» Répandez parmi nous votre miséricorde ,
» Faites-y triompher l'union , la concorde ;
» Souffrez que nous mêlions nos pleurs à vos soupirs ,
» Que désormais sur vous nous fixions nos desirs.
» Bannissez de nos cœurs ce qui peut les distraire ,
» Remplacez-y l'amour , la ferveur de vous plaire.
» Laissez-nous partager avec vous vos douleurs ,
» Supporter votre opprobre, endurer ses horreurs ,
» Participer encor à vos vives souffrances ,
» A votre ignominie , à vos condoléances.
» Veuillez enfin nous rendre assez purs à vos yeux ,
» Afin qu'à notre mort appelés dans les cieux ,
» Nous puissions y jouir d'une paix éternelle ,
» Et nous voir couronnés d'une gloire immortelle.

Ainsi soit-il.

PRIÈRE DE L'AUTEUR EN ACTION DE
GRACES.

« J'ai, par votre assistance, ô mon divin Sauveur,
» Terminé mon travail et joui du bonheur
» De retracer aux yeux des peuples qui vous servent,
» Qui soumis à vos lois strictement les observent,
» D'utiles vérités, autant d'instructions,
» Propres à diriger leurs saintes actions.
» Vous avez bien voulu rallumer dans mon âme
» L'esprit vivifiant de votre sainte flamme,
» Et m'avez fait l'honneur, en secondant mon choix,
» De louer votre nom, d'exalter votre croix,
» Dépeindre vos tourmens, vos cruelles souffrances,
» Qui nous ouvrant le ciel comblent nos espérances.
      » Je vous en remercie, et daignez en ce jour,
» Augmenter, affermir mon zèle, mon amour.
» M'inspirer en tout temps le désir de bien faire,
» Pour éviter le mal qu'on trouve à vous déplaire.
» Fortifiez mes vœux, mes résolutions,
» En répandant sur moi vos bénédictions.
» Venez encor, mon Dieu, pour tout prix de mes peines,
» Rompre de mes péchés les odieuses chaînes,
» Me convertir à vous par de purs sentimens,
» Me faire triompher de mes égaremens.
      » Ne souffrez point, Seigneur, que l'ouvrage pénible
» Que je mets au grand jour pour rendre plus sensible
» Aux fidèles chrétiens l'horreur de votre mort,
» Aveugle mon esprit, pervertisse mon sort ;
» Mais faites qu'à jamais, rédempteur charitable,

» Au bien de mon salut il soit tout profitable,

» Afin qu'après avoir proclamé votre loi ,

» De vos adorateurs encouragé la foi ,

» Je ne sois point réduit à devenir moi-même

» L'objet de votre haine et de votre anathème (a),

   » Accordez, je vous prie , à votre serviteur

» La grâce qu'il demande avec tant de ferveur.

» Il se jette à vos pieds dans sa grande misère ,

» Vous invoque humblement comme son tendre père.

» Ah ! que votre bonté veuille bien aujourd'hui ,

» Couronner ses souhaits et faire tout pour lui.

» Il a sur ses vieux ans reconnu sa faiblesse ,

« Il rougit d'avoir pu consacrer sa jeunesse

» A flatter son caprice , à suivre ses plaisirs ,

» Contenter quelquefois ses coupables désirs.

   » Pénétré maintenant du malheur de son crime ,

» Il en témoigne ici son repentir intime.

» Il vous jure , grand Dieu , d'employer ses momens

» A garder désormais vos saints commandemens,

» A remplir ses devoirs , à détester le vice,

» Faire de la vertu son plus doux exercice.

» Il vous supplie enfin , du profond de son cœur ,

» D'animer ses efforts pour avoir le bonheur

» De renoncer au monde , à ses folles chimères ,

» Et d'aller joindre en paix le tombeau de ses pères (b).

(a) Ne fortè cùm aliis prædicaverim, ipse reprobus effi-
ciar. Corinth. , cap. 9 , v. 27.

(b) In pace in idipsum dormiam , et requiescam. Ps. 4 ,
v. 9.

Passages extraits de l'Ecriture Sainte et des auteurs sacrés ecclésiastiques , cités par l'auteur de l'Instruction en vers français, sur la Passion de Notre Seigneur Jésus-Christ , à l'appui de son ouvrage.

EXORDE :

(1) Humiliamini sub potenti manu Dei : Ep. Pet., cap. 5, ℣. 6.

PREMIÈRE PARTIE.

(1) Diviserunt sibi vestimenta mea , et super vestem meam miserunt sortem : Ps. 21 , ℣. 19; Math. cap. 27 , ℣. 35 ; Luc., cap. 19 , ℣. 23 et 24.

(2) Et dederunt in escam meam fel , et in siti mea potaverunt me aceto : Ps. 68 , ℣. 26.

(3) Foderunt manus meas, et pedes meos , Ps. 21 , ℣. 18.

(4) Desiderio desideravi hoc pascha manducare vobiscum, antequam patiar. Luc. , cap. 22 , ℣. 15.

(5) Hæc cùm dixisset Jesus , turbatus est spiritu. Joan., cap. 13 , ℣. 21.

(6) Amen , dico vobis, quia unus vestrûm me traditurus est. Math. , cap. 26, ℣. 21 ; Joan. , cap. 13 , ℣. 21 ; Marc., cap. 14 , ℣. 18.

(7) Et contristati valdé cœperunt singuli dicere : Numquid ego sum , Domine. Math., cap. 26, ℣. 22.

(8) At ipse respondens, ait : Qui intingit mecum manum in paropside , hic me tradet. Ibid. ℣. 23.

(9) Filius quidem hominis vadit sicut scriptum est de illo. Ibid. , ℣. 24.

(10) Væ autem homini illi per quem filius hominis tradetur. Math., cap. 26 , ℣. 24.

(11) Bonum erat ei si natus non fuisset homo ille. Ibid., ℣. 24.

(12) Respondens autem Judas dixit : Numquid ego sum , Rabbi. Ibid. , ℣. 25.

(13) Ait illi Jesus : Tu dixisti. Ibid. , ℣. 25.

(14) Surgit Jesus à cœna, et ponit vestimenta sua, et cùm accepisset linteum præcinxit se. Joan. , cap. 13 , ℣. 4.

(15) Deinde mittit aquam in pelvim , et cœpit lavare pedes discipulorum , et extergere linteo quo erat præcinctus. Joan, cap. 13 , ℣. 5.

(16) Vos vocatis me magister , et domine , et bene dicitis, sum etenim. Ibid. ℣. 13.

(17) Si ergo lavi pedes vestros , Dominus, et magister, et vos debetis alter alterius lavare pedes. Ibid. , ℣. 14.

(18) Exemplum enim dedi vobis , ut quemadmodum ego feci vobis , ita et vos faciatis. Ibid. , ℣. 15.

(19) Cœnantibus autem eis , accepit Jesus panem , et benedixit , ac fregit, deditque discipulis suis , etc. Math., cap. 26 , ℣. 26 ; Paul. ad Corinth. cap. 11 , ℣ 24.

(20) Hæc quotiescumque feceritis, in mei memoriam facietis. Paroles de la consécration de la messe.

(21) Càm ergo accepisset ille buccellam , exiit continuò. Joan., cap. 13 , ℣. 30.

(22) Pacem relinquo vobis, pacem meam do vobis. Joan., cap. 14 , ℣. 27.

(23) Mandatum novum do vobis , ut diligatis invicem , sicut dilexi vos. Ibid., cap. 13 , ℣. 34.

(24) In hoc cognoscent omnes quia discipuli mei estis , si dilectionem habueritis ad invicem. Ibid. cap. 13 , ℣. 35.

(25) Si diligitis me , mandata mea servate. Ibid. cap. 14, ℣. 15.

(26) Alium paracletum dabit vobis pater , ut maneat vobiscum in æternum. Ibid. ℣. 16.

(27) Non derelinquam vos orphanos, veniam ad vos. Ibid ℣. 18.

(28) Jam nou multa loquar vobiscum, venit enim princeps mundi hujus. Joan., cap. 14, ℣. 30.

(29) Surgite. Ibid. ℣. 31.

(30) Eamus hinc. Ibid. ℣. 31.

(31) Et egressus, ibat secundùm consuetudinem in montem olivarum. Luc., cap. 22, ℣. 39.

(32) Et assumpto Petro, et duobus filiis Zebedæi. Math. cap. 26, ℣. 37.

(33) Cœpit contristari, et mœstus esse. Ibid. ℣. 37.

(34) Tunc congregati sunt principes sacerdotum, et seniores populi in atrium principis sacerdotum, et concilium fecerunt ut Jesum dolo tenerent et occiderent. Math. cap. 26, ℣. 3 et 4.

(35) Petrus autum cœpit anathematisare, et jurare, quià nescio hominem istum quem dicitis. Marc., cap. 14; ℣. 71.

(36) Judas Iscariotes abiit ad summos sacerdotes, ut proderet eum illis. Marc., cap. 14, ℣. 10.

Quid vultis mihi dare, et ego eum vobis tradam ? Math. cap. 26, ℣. 15.

(37) Tristis est anima mea usque ad mortem. Marc., cap. 14, ℣. 34.

(38) Et factus in agonia prolixiùs orabat. Luc., cap. 22, ℣. 43.

(39) Factus est sudor ejus, sicut guttæ sanguinis decurrentis in terram. Ibid. ℣. 44.

(40) Apparuit autem illi de cœlo angelus confortans eum. Luc., cap. 22, ℣. 43.

(40 *bis.*) Pater mi, si possibile est, transeat à me calix iste. Math. cap. 26, ℣. 39. Marc., cap. 14, ℣. 36. Luc., cap. 22, ℣. 42.

(41) Veruntamen non sicut ego volo, sed sicut tu. Math. cap. 26, ℣. 39.

(42) Et venit ad discipulos suos, et invenit eos dormientes. Math. cap. 26, ℣. 40.

(43) Surgite, eamus, ecce apropinquavit qui me tradet. Math. chap. 26, ℣. 46.

(44) Quem quæritis ? Joan., cap. 18, ℣. 4.

(45) Tamquam ad latronem existis cum gladiis et fustibus comprehendere me. Math. cap. 26, ℣. 55.

(46) Quotidie eram apud vos in templo, et non me tenuistis. Ibid. ℣. 55.

(47) Sed hæc est hora vestra, et potestas tenebrarum. Luc., cap. 22, ℣. 53.

(48) Abierunt retrorsùm, et ceciderunt in terram. Joan., cap. 18, ℣. 6.

(49) Quem quæritis? illi autem dixerunt : Jesum Nazarenum. Joan., cap. 18, ℣. 7.

(50) Ave, rabbi, et osculatus est eum. Math. cap. 26, ℣. 49.

(51) Amice, ad quid venisti. Math. cap. 26, ℣. 50.

(52) Juda, osculo filium hominis tradis. Luc., cap. 22, ℣. 48.

(53) Quid vultis mihi dare, et ego eum vobis tradam? At illi constituerunt ei triginta argenteos. Math. cap. 26, ℣. 15.

(54) Constitue super eum peccatorem, et diabolus stet à dextris ejus. Ps. 108, ℣. 5.

(55) Cum judicatur exeat condemnatus. ibid. ℣. 6.

(56) Et oratio ejus fiat in peccatum. Ibid. ℣ 6.

(57) Fiant dies ejus pauci, et episcopatum ejus accipiat alter. Ibid. ℣ 7. Act. Apost. cap. 1, ℣ 20.

(58) Fiant filii ejus orphani, et uxor ejus vidua. Ibid. ℣. 8.

(59) Nutantes transferantur filii ejus, et mendicent, et ejiciantur de habitationibus suis. Ibid. ℣. 9.

(60) Scrutetur fenerator omnem substantiam ejus, et diripiant alieni labores ejus. Ibid. ℣. 10.

(61) Fiant nati ejus in interitum. Ibid. ℣. 12.

(62) Non sit illi adjutor, nec sit qui misereatur pupillis ejus. Ibid. ℣. 11.

(63) In generatione unâ deleatur nomen ejus. Ibid. ℣. 12.

(64) In memoriam redeat iniquitas patrum ejus in conspectu Domini. Ibid. ℣. 13.

(65) Et peccatum matris ejus non deleatur. Ps. 108, ℣. 13.

(66) Et dilexit maledictionem, et veniet ei. Ibid. ℣. 16.

(67) Et induit maledictionem sicut vestimentum, et intravit sicut aqua in interiora ejus, et sicut oleum in ossibus ejus. Ibid. ℣. 17.

(68) Fiat ei sicut vestimentum quo operitur, et sicut zona quâ semper præcingitur. Ibid. ℣. 18.

(69) Simon ergo Petrus habens gladium eduxit eum, et percussit pontificis servum, et abscidit auriculam ejus dexteram. Joann., cap. 18. ℣. 10.

(70) Et cùm tetigisset auriculam ejus, sanavit eum. Luc. cap. 22. ℣. 51.

(71) Cohors ergo, et tribunus, et ministri Judæorum, comprehenderunt Jesum, et ligaverunt eum, et adduxerunt eum. Joann. cap. 18, ℣. 12 et 13.

Seconde Partie.

(1) Tunc discipuli omnes, relicto eo, fugerunt. Math. cp. 26, . 56. Marc. cap. 14, ℣. 50.

(2) Petrus autem sequebatur eum à longè, ut videret finem. Math. cap. 26, ℣. 58.

(3) Et accessit ad eum una ancilla dicens : Et tu cùm Jesu Galilæo eras? Math. cap. 26, ℣. 69. Luc. cap. 22, ℣. 56. Joann. cap. 18, ℣. 17.

(4) Et iterum negavit cum juramento, quià non novi hominem. Ibid. ℣. 72. Ille autem cœpit anathematisare, et jurare, quià nescio hominem istum quem dicitis. Marc. cap. 14. ℣. 71, 68 et 70. Luc. cap. 22, ℣. 57, 58 et 60.

(5) Erat autem nomen servo Malchus. Joann. cap. 18, ℣. 10.

(6) Et egressus foràs, flevit amarè. Math. cap. 26, ℣. 75.

(7) Princeps autem sacerdotum et omne concilium quærebant falsum testimonium contrà Jesum, ut eum morti traderent. Math. cap. 26. ℣. 59.

(8). Domine, recordati sumus quod seductor ille dixit adhuc vivens. Math. cap. 27. ℣. 63. ·

(9) Hunc invenimus subvertentem gentem nostram, et prohibentem tributa dare Cæsari, et dicentem se Christum esse. Luc. cap. 23. ℣. 2.

(10) Tu es rex Judæorum ? At ille respondens ait illi : Tu dicis. Luc. cap. 23 , ℣. 3.

(11) Hic dixit : Possum destruere templum Dei, et post triduum reædificare illud. Math. cap. 26. ℣. 61. Joann. cap. 2. ℣. 19.

(12) Tu es Christus filius Dei benedicti ? Jesus autem dixit illi : Ego sum. Marc. cap. 14. ℣. 61 et 62.

(12 *bis.*) Hic est filius meus dilectus, in quo mihi bene complacui. Math., cap. 17, ℣. 5. II Petr., cap 1, ℣. 17.

(13) Quidam autem ex eis dixerunt : in Beelzebuth principe dæmoniorum ejicit dæmonia. Luc, cap. 11, ℣. 15; Math., cap. 9, ℣. 34; Marc., cap. 3, ℣. 22.

(14) Reus est mortis. Math., cap. 26, ℣. 66.

(15) Quem vultis dimittam vobis, Barabbam, an Jesum qui dicitur Christus ? At illi dixerunt : Barabbam. Math., cap. 27, ℣. 21.

(16) Ego autem vermis sum, et non homo; opprobrium hom inum, et abjectio plebis. Ps. 21, ℣. 6.

(17) Omnes videntes me, deriserunt me; locuti sunt labiis, et moverunt caput. Ibid., ℣. 7.

(18) Cohors ergo, et tribunus, et ministri judæorum, comprehenderunt Jesum, et ligaverunt eum, et adduxerunt eum ad Annam primùm; erat enim socer Caïphæ qui erat pontifex anni illius. Joan., cap. 18, ℣ 12 et 13.

(19) Pontifex interrogavit Jesum de discipulis suis et de doctrina ejus. Joan., cap. 18, ℣. 19.

(19 *bis.*) Mea doctrina non est mea, sed ejus qui misit me· Joan., cap. 7, ℣. 16.

(20) Respondit Jesus : ego palam locutus sum mundo, ego semper docui in synagoga. Ibid. ℣. 20.

(21) Hæc cùm dixisset, unus assistens ministrorum dedit alapam Jesu. Ibid. ℣. 22.

(22) Sic respondes pontifici ? Ibid. ℣. 22.

(23) Egressusque ignis à domino devoravit eos, et mortui sunt coram Domino. Lev., cap. 10, ℣. 2.

(24) Dirupta est terra sub pedibus eorum, et aperiens os suum devoravit eos cum tabernaculis suis et universa substantia eorum. Num., cap. 16, ℣. 31 et 32.

(25) Apparuit illi quidam equus terribilis habens sessorem ; isque cum impetu Heliodoro priores calces elisit. Macch., cap. 3, ℣. 25.

(26) Respondens Elias ait : si homo Dei sum, descendat ignis de cœlo, et devorét te, et quinquaginta tuos : et descendit ignis de cœlo, et devoravit illum, et quinquaginta ejus. IV Reg. cap. 1, ℣. 12.

(27) Percussit autem de Betsamitibus, eo quòd vidissent arcam Domini, et percussit de populo septuaginta viros, et quinquaginta millia plebis. I Reg., cap. 3, ℣. 19.

(28) Extendit Oza manum ad arcam Dei, et tenuit eam : iratusque est indignatione Dominus contra Ozam, et percussit eum super temeritate ejus, qui mortuus est ibi juxta arcam Dei. II Reg., cap. 6, ℣. 6 et 7.

(29) Elizeus maledixit eis in nomine Domini, egressique sunt duo ursi de saltu et laceraverunt ex eis quadraginta duos pueros. IV Reg., cap. 2, ℣. 24.

(30) Rex extendit manum suam de altari dicens, apprehendite eum; et exaruit manus ejus quam extenderat contra prophetam. III Reg., cap. 13, ℣. 4.

(31) Respondit ei Jesus : si malè locutus sum, testimonium perhibe de malo ; si autem benè, quid me cædis. Joan., cap. 18, ℣. 23.

(31 bis.) At illi tenentes Jesum, duxerunt ad Caïpham principem sacerdotum. Math., cap. 26, ℣. 57 ; Luc., cap. 22, ℣. 54 ; Joan., cap. 18, ℣. 24.

(32) Adjuro te, per Deum vivum, ut dicas nobis si tu es Christus filius Dei. Math., cap. 26, ℣. 63.

(33) Dicit illi Jesus : tu dixisti. Ibid. ℣. 64.

(34) Tunc princeps sacerdotum scidit vestimenta sua, dicens : blasphemavit! quid adhuc egemus testibus, quid vobis videtur? Ibid. ℣. 65 et 66.

(35) Tunc expuerunt in faciem ejus, et colaphis eum ceciderunt. Ibid. ℣. 67. Is., cap. 50, ℣. 6.

(36) Dicit ei Pilatus , quid est veritas? Joan., cap. 18,
℣. 38.

(37) Pilatus remisit eum ad Herodem. Luc., cap. 23,
℣ 7.

(38) Herodes autem , viso Jesu , gavisus est valdè. Ibid.
℣. 8.

(39) Interrogabat autem eum multis sermonibus ; at ipse
nihil respondebat. Ibid. ℣. 9.

(40) Herodes misso spiculatore , præcepit afferri caput
Joannis in disco , et decolavit eum in carcere. Marc., cap.
6, ℣. 27.

(41) Tunc respondens Jesus , ait illi : ô mulier , magna
est fides tua , fiat tibi sicut vis., et sanata est filia ejus ex
illa hora. Math. , cap. 15 , ℣. 28.

(42) Domine, non sum dignus ut intres sub tectum meum,
sed tantùm dic verbo , et sanabitur puer meus. Math.,
cap. 8 , ℣. 8; Luc. , cap. 7. ℣. 6.

(43) Dixit illi Jesus , tu credis in filium Dei , at ille aït ,
credo, Domine , et procidens adoravit eum. Joan. cap. 9,
℣. 35 et 58.

(44) Et ait : Adolescens, tibi dico, surge : et resedit qui erat
mortuus, et cœpit loqui , et dedit illum matri suæ. Luc. ,
cap. 7 , ℣ 14 et 15.

(45) Domine , si fuisses hîc , frater meus non fuisset
mortuus : Joan., cap. 11 , ℣. 21.

(46) Sprevit illum Herodes cum exercitu suo. Luc. , cap.
23, ℣. 11.

(47) Et illusit indutum veste albâ , et remisit eum ad Pi-
latum. Ibid. ℣. 11.

(48) Tunc aprehendit Pilatus Jesum, et flagellavit. Joan.,
cap. 19, ℣. 1.

(49) Quoniam angelis suis mandavit de te, ut custodiant
te , in omnibus viis tuis. Ps. 90 , ℣. 11. Math., cap. 4, ℣. 6.

(50) In manibus portabunt te, ne fortè offendas ad lapidem
pedem tuum. Ibid. ℣. 12; Math., cap. 4 , ℣. 6.

(51) Et milites plectentes coronam de spinis , imposue-

runt capiti ejus. Math., cap. 27, ℣.29. Joan. , cap. 19,
℣. 2.

(52) Et cœperunt salutare eum , ave rex Judæorum , et
percutiebant caput ejus arundine , et conspuebant eum , et
ponentes genua adorabant eum. Marc. , cap. 15, ℣. 18 et 19.

(53) Cœperunt quidam conspuere eum , et velare faciem
ejus , et colaphis eum cædere. Marc., cap. 14 , ℣. 65.

(54) Prophetisa nobis, Christe, quis est qui te percussit?
Luc. , cap. 22 , ℣. 64; Marc., cap. 14, ℣. 65.

(55) Ecce manus tradentis me , mecum est in mensa.
Luc. , cap. 22. ℣. 21.

(56) Amen , dico tibi , quia in hac nocte antequam gal-
lus cantet, ter me negabis. Math., cap. 26 , ℣. 34; Marc.,
cap. 14, ℣. 30 ; Joan., cap. 13 , ℣. 38.

(57) Filius hominus tradetur gentibus, et illudetur, et
flagellabitur , et conspuetur ; et postquam flagellaverint
occident eum , et tertiâ die [resurget. Luc. , cap. 18, ℣. 32
et 33.

(58) Ecce præcedit vos in Galilæam , ibi eum videbitis.
Math. , chap. 28, ℣.7.

Postquam resurrexero præcedam vos in Galilæam. Math.,
cap. 26 , ℣. 32; Marc. , cap. 14 , ℣. 28; Math., cap. 20,
℣. 19.

(59) Paracletus autem Spiritus Sanctus quem mittet Pater
in nomine meo , ille vos docebit omnia , et suggeret vobis
omnia quæcumque dixero vobis. Joan., cap. 14, ℣. 26.

(60) Venient dies in te, et ad terram prosternent te, et
filios tuos qui sunt in te , et non relinquent in te lapidem
super lapidem. Luc., cap. 19, ℣. 43 et 44.

(61) Amen , dico vobis, quia non præteribit generatio
hæc donec omnia fiant ; cœlum et terra transibunt , verba
autem mea non præteribunt. Math. , cap. 24, v. 34 et 35.

(62) Ecce homo. Joan., cap. 19, ℣. 5.

(63) Crucifige, crucifige eum. Ibid. ℣. 6.

(64) Ego enim non invenio in eo causam. Joan. , cap.
19, ℣. 6.

(65) Tolle, tolle, crucifige eum. Joan., cap. 19, ℣. 15.

(66) Est autem consuetudo vobis, ut unum dimittam in pascha. Joan, cap. 18, ℣. 39. Math. cap. 17, ℣. 15. Marc., cap. 15, ℣. 6. Luc., cap. 13, ℣. 17.

(67) Erat autem Barabbas latro. Joan., cap. 18, ℣. 40.

(68) Clamaverunt ergo rursùm omnes dicentes : non hunc, sed Barabbam. Ibid. ℣. 40.

(69) Accipite eum vos et crucifigite, ego enim non invenio in eo causam. Joan., cap. 19, ℣. 6.

(70) Pilatus acceptâ aquâ, lavit manus coram populo, dicens : innocens ego sum à sanguine justi hujus, vos videritis. Math. cap. 27, ℣. 24.

(71) Sanguis ejus super nos et super filios nostros. Ibid. ℣. 25.

(72) Accipite eum vos, et secundùm legem vestram judicate eum. Joan., cap. 18, ℣. 31.

(73) Nobis non licet interficere quemquam, ibid. ibid.

(74) Si hunc dimittis, non es amicus Cæsaris ; omnis enim qui se regem facit contradicit Cæsari. Joan., cap 19, ℣. 12.

(75) Tunc ergo tradidit eis illum, ut crucifigeretur. Joan., cap. 19, ℣. 16.

(76) Et educunt illum, ut crucifigerent eum. Marc., cap. 16, ℣. 20. Joan., cap. 19, ℣. 16.

(77) Tunc videns Judas quod damnatus esset, recessit, et abiens laqueo se suspendit. Math. cap. 27, ℣. 3.

Troisième Partie.

(1) Jesus, cùm dilexisset suos qui erant in mundo, in finem dilexit eos. Joan., cap. 13, ℣. 1.

(2) Tradidit semetipsum pro nobis, ut nos redimeret ab omni iniquitate. Epist. Paul. ad Tit. cap. 2, ℣. 14.

(3) Astiterunt reges terræ, et principes convenerunt in unum, adversùs Dominum, et adversùs Christum ejus. Ps. 2, ℣. 2; Act. Ap. cap. 4, ℣. 26.

(4) Filius autem hominis non habet ubi caput reclinet. Math. cap. 8, ℣. 20. Luc., cap. 9, ℣. 58.

(5) Hic est hæres, venite, occidamus eum, et habebimus hæreditatem ejus, et apprehensum eum, ejecerunt extra vineam, et occiderunt. Math. cap. 21, ℣. 33 et 39.

(6) Cur non in templo hostia offertur, sed extra urbem et mænia. Joan. Chrys. lib. hom. tom. 2, n. 1.

(7) Cur autem in sublimi patibulo jugulatur, non sub tecto. Ibid. à la suite.

(8) Ideo non sub tecto, ideo non in templo judaïco, ne sibi judæi hostiam vindicarent, neve putares pro illa gente tantùm hanc offerri. Ibid. à la suite.

(9) Ideo extra urbem, et mænia; ut discas universale sacrificium esse, quia pro universa terra erat oblatio. Ibid. à la suite; ibid. Leon.

(10) Ducebantur autem et alii duo nequam cum eo, ut interficerentur. Luc., cap. 23, ℣. 32.

(11) Et bajulans sibi crucem, exivit Jesus in eum qui dicitur Calvariæ locum. Joan., cap. 19, ℣. 17. Math. cap. 27, ℣. 33. Luc., cap. 23, ℣. 33.

(12) Invenerunt hominem Cyrenæum, nomine Simonem, hunc angariaverunt ut tolleret crucem ejus. Math. cap. 27, ℣. 32. Marc., cap. 15, ℣. 21. Luc., cap. 23, ℣. 26.

(13) Benedictus qui venit in nomine Domini, hosanna in altissimis. Math., cap. 21, ℣. 9. Ps. 117, ℣. 26. Marc., cap. 11, ℣. 10.

(14) Sequebatur autem illum multa turba populi, et mulierum quæ plangebant, et lamentabantur eum. Luc., cap. 23, ℣. 27.

(15) Nolite flere super me, filiæ Jerusalem, sed super vos ipsas flete, et super filios vestros. Luc., cap. 23, ℣. 28.

(16) Christus resurgens ex mortuis, jam non moritur, mors illi ultrà non dominabitur. Paul. ad rom., cap. 6, ℣. 9.

(17) Et sustinui qui simul contristaretur, et non fuit, et qui consolaretur et non inveni, Ps. 68, ℣ 25.

(18) Crucifixus, clavis perforatur, contumeliis, sputis,

conviciis, opprobriis oneratus. Joan. Chrysost., Homel., tom. 2, n. 2.

(19) Diviserunt sibi vestimenta mea, et super vestem meam miserunt sortem. Ps. 21, ℣. 19, Math., cap. 27, ℣. 20. Marc. cap. 15, ℣. 24. Luc. cap. 23, ℣. 34.

(20) Foderunt manus meas, et pedes meos, dinumeraverunt omnia ossa mea. Ps. 21, ℣. 18.

(21) Extenditque manum Abraham, et arripuit gladium ut immolaret Isaac filium suum, etc., etc. Lib. Genes., cap. 22, ℣. 10.

(22) Et dederunt in escam meam fel, et in siti mea potaverunt me aceto. Ps. 68, ℣. 26.

(23) Cruci affigi, est longâ morte necari. August.

(24) Filius hominis non habet ubi caput reclinet. Math. cap. 8, ℣. 20. Luc, cap. 9, ℣. 58.

(25) Pater, dimitte illis, non enim sciunt quid faciunt. Luc. cap. 23, ℣. 34.

(26) Fiat mensa eorum coram ipsis in laqueum, et in retributiones, et in scandalum Ps. 68, ℣. 27; Paul. ad Rom., cap. 11, ℣. 9.

(27) Obscurentur oculi eorum ne videant; et dorsum eorum semper incurva. Ibidem, ℣. 28. Paul. ad Rom., cap. 11, ℣. 10.

(28) Effunde super eos iram tuam, et furor iræ tuæ comprehendat eos. Ibidem, ℣. 29.

(29) Fiat habitatio eorum deserta, et in tabernaculis eorum non sit qui inhabitet. Ibidem, ℣. 30. Act. apost., cap. 1, ℣. 20.

(29 bis) Appone iniquitatem super iniquitatem eorum. Ibidem, ℣. 32.

(30) Quoniam quem tu percussisti persecuti sunt, et super dolorem vulnerum meorum addiderunt. Ibidem, ℣. 31.

(31) Et non intrent in justitiam tuam. Ibid, ℣. 32.

(32) Deleantur de libro viventium, et cum justis non scribantur. Ibidem, ℣. 33.

(33) Gloria in altissimis Deo, et in terra pax hominibus bonæ voluntatis. Luc., cap. 2, ℣. 14.

9

(34) Apparuit autem illi angelus de cœlo confortans eum. Luc. , cap. 22, ℣. 43.

(35) Semetipsum exinanivit ; humiliavit semetipsum. Paul. ad Philipp. , cap. 2 , Vers. 7 et 8.

(36) Christus factus est pro nobis obediens usque ad mortem, mortem autem crucis. Ibid. , ℣. 8.

(37) Sicut ovis ad occisionem ducetur, et quasi agnus coram tondente se obmutescet. Is, cap. 53 , ℣. 7.

(38) Qui cùm moreretur ait : videat Dominus, et requirat. II Paralip. , cap. 24 , ℣. 22.

(39) Tu verè judicio Dei justas superbiæ tuæ pœnas exolves. II Mach. , cap. 7 , ℣. 36.

(40) Post hæc aperuit Job os suum, et maledixit diei suo, et locutus est : pereat dies in quâ natus sum. Lib. Job, cap. 3, ℣. 3.

(41) Lib. Job. Cap. 11, 13, 15, 17, 18, 22, 26, 27, 32, 33 et 34,

(42) III Reg. Cap. 2. ℣. 5, 8 et 9.

(43) Dixerunt : venite , et cogitemus contra Jeremiam cogitationes, etc. Tu autem, Domine, ne propitieris iniquitati eorum et peccatum eorum à facie tua non deleatur. Lib. Jerem. , cap. 18. ℣. 18, 19, 20, 21, 22 et 23.

(44) Princeps autem sacerdotum Ananias, præcepit adstantibus sibi percutere os ejus. Tunc Paulus dixit ad eum : percutiet te Deus , paries dealbata. Act. Apost. , cap. 23, ℣. 2 et 3.

(45) Si filius Dei es, descende de cruce. Math. 27. ℣. 40.

(46) Si rex Israël est, descendat nunc de cruce, et credimus ei. Ibid. ℣. 42.

(47) Alios salvos fecit, seipsum non potest salvum facere. Ibid. ℣. 42.

(48) Confidit in Deo , liberet nunc si vult eum. Ibid. ℣. 43.

(49) Unus autem de his qui pendebant latronibus , blasphemabat eum dicens : si tu es Christus, salvum fac temetipsum, et nos. Luc., cap. 23. ℣. 39.

(50) Respondens autem alter , increpabat eum. Ibid. ℣. 40.

(51) Neque tu times Deum , quod in eâdem damnatione es ; et nos quidem justè , nam digna factis recipimus ; hic verò nihil mali gessit. Ibid. ℣. 40 et 41.

(52) Et dicebat ad Jesum : Domine , memento meî , cùm veneris in regnum tuum. Ibid. ℣. 42.

(53) Et dixit illi Jesus : Amen , dico tibi , hodiè mecum eris in paradiso. Ibid. ℣. 43.

(54) Deus , Deus meus , ut quid dereliquisti me. Math. , cap. 27. ℣. 46. Ps. 21. ℣ 1.

(55) Erat autem ferè hora sexta , et obscuratus est sol , et tenebræ factæ sunt in universam terram , usque ad horam nonam. Luc. , cap. 23. ℣. 44.

(56) Cùm vidisset ergò Jesus matrem et discipulum quem diligebat. Joann. , cap. 19. ℣. 26.

(57) Dicit matri suæ : Mulier , ecce filius tuus ; deindè dicit discipulo : Ecce mater tua. Ibid. ℣. 26 et 27.

(58) Et ex illâ horâ , accepit eam discipulus in suam Ibid. ℣. 27.

(59) Consummatum est. Ibid. , cap. 19. ℣. 30.

(59 bis.) Pater , in manus tuas commendo spiritum meum. Luc. , cap. 23 , ℣. 46.

(60) Et hæc dicens , expiravit. Ibid. ℣. 46.

(61) Et terra mota est. Math. , cap. 27. ℣. 51.

(62) Et obscuratus est sol. Luc. , cap. 23. ℣. 45.

(63) Velum templi scissum est in duo , à summo usquè deorsùm. Math. , cap. 27. ℣. 51. Luc. , cap. 23. ℣. 45. Marc. , cap. 15. ℣. 38.

(64) Et monumenta aperta sunt , et multa corpora sanctorum qui dormierant surrexerunt. Ibid. ℣. 52.

(65) Et petræ scissæ sunt. Ibid. Vers. 51.

(66) Stabat mater dolorosa , juxtà crucem lacrymosâ , dùm pendebat filius. *Complainte à la S.te-Vierge*

(67) Cujus animam gementem , contristantem et dolentem , pertransivit gladius. Ibid.

(68) O ! quàm tristis et afflicta fuit illa benedicta mater unigeniti. Ibid.

(69) Quæ mœrebat et dolebat, et tremebat cùm videbat nati pœnas incliti. *Compl. à la Vierge.*

(70) Quis est homo qui non fleret, Christi matrem si videret in tanto supplicio. Ibid.

(71) Quis posset non contristari, piam matrem contemplari, dolentem cum filio. Ibid.

(72) Eia mater, fons amoris, me sentire vim doloris, fac ut tecum lugeam. Ibid.

(73) Fac ut ardeat cor meum, in amando Christum Deum, ut sibi complaceam. Ibid.

(74) Tui nati vulnerati, jam dignati pro me pati, pœnas mecum divide. Ibid.

(75) Fac me verè tecum flere, crucifixo condolere, donec ego vixero. Ibid.

(76) Juxtà crucem tecum stare, te libenter sociare in planctu desidero. Ibid.

(77) Virgo Virginum præclara, mihi jàm non sis amara; fac me tecum plangere. Ibid.

(78) Fac ut portem Christi mortem, passionis ejus sortem, et plagas recolere. Ibid.

(79) Fac me plagis vulnerari, cruce hâc inebriari, ob amorem filii. Ibid.

(80) Inflammatus et accensus, per te, Virgo, sim defensus, in die judicii. Ibid.

(81) Quando corpus morietur, fac ut animæ donetur, paradisi gloria. Ibid.

(82) Luc. chap. 23. Vers. 28.

(83) Et exclamavit voce magnâ, mundus sum à sanguine hujus. Dan., cap. 13. Vers. 46.

(84) Verè filius Dei erat iste. Math., cap. 27. Vers. 54. Marc., cap. 15. Vers. 39. Luc., cap. 23. Vers. 47.

(85) Et omnis turba eorum qui simùl aderant ad spectaculum istud, et videbant quæ fiebant, percutientes pectora sua revertebantur. Luc., cap. 23. Vers. 48.

(86) Scindite corda vestra, et non vestimenta vestra, et convertimini ad dominum Deum vestrum. Joël, cap. 2. Vers. 13.

(87) Peccata nostra Christus pertulit in corpore suo super lignum. Ep. Pet., cap 2. Vers. 24.

(88) Inclina, Domine, aurem tuam, et exaudi me; quoniam inops et pauper sum ego. Psal. 85. Vers. 1.

(89) Custodi animam meam quoniam sanctus sum; salvum fac servum tuum, Deus meus, sperantem in te. Ibid. Vers. 2.

(90) Miserere meî, Domine, quoniam ad te clamavi totâ die; lætifica animam servi tui, quoniam ad te, Domine, animam meam levavi. Ibid. Vers. 3.

(91) Quoniam tu, Domine, suavis ac mitis, et multæ misericordiæ omnibus invocantibus te. Ibid. Vers. 4.

(92) Auribus percipe, Domine, orationem meam, et intende voci deprecationis meæ. Ibid. Vers. 5.

(93) In die tribulationis meæ, clamavi ad te, quià exaudisti me. Ibid. Vers. 6.

(94) Non est similis tuî in diis, Domine, et non est secundùm opera tua. Ibid. Vers. 7

(95) Omnes gentes quascumque fecisti venient et adorabunt coram te, Domine, et glorificabunt nomen tuum. Ibid. Vers. 8.

(96) Quoniam magnus es tu, et faciens mirabilia; tu es Deus solus. Ibid. Vers. 9.

(97) Deduc me, Domine, in via tua, et ingrediar in veritate tua; lætetur cor meum ut timeat nomen tuum. Ibid. Vers. 10.

(98) Confitebor tibi, Domine Deus meus, in toto corde meo, et glorificabo nomen tuum in æternum. Ibid. Vers. 11.

(99) Quia misericordia tua magna est super me, et eruisti animam meam ex inferno inferiori. Ibid. Vers. 12.

(100) Deus, iniqui insurrexerunt super me; et synanoga potentium quæsierunt animam meam, et non proposuerunt te in conspectu suo. Ibid. Vers. 13.

(101) Et tu, Domine Deus, miserator, et misericors, patiens, et multùm misericordiæ, et verax. Ibid. Vers. 14.

(102) Respice in me, et miserere meî; da imperium

tuum puero tuo, et salvum fac filium ancillæ tuæ. Ibid. Vers. 15.

(103) Fac mecum signum in bonum, ut videant qui oderunt me, et confundantur; quoniam tu, Domine, adjuvisti me, et consolatus es me. Ibid. Vers. 16.

(104) Ego autem dico vobis, diligite inimicos vestros, benefacite his qui oderunt vos. Math. cap.5. Vers. 44.

(105) Domine, ne in furore tuo arguas me, neque in ira tua corripias me. Psal. 6. Vers. 1.

FIN DES TEXTES SACRÉS.

AUTORITÉS CITÉES DANS L'INSTRUCTION EN VERS

FRANÇAIS.

Les 4 Evangélistes : Saint Mathieu, Saint Marc, Saint Luc, Saint-Jean.

Les Epîtres de Saint Pierre, Saint Paul.

Les Actes des Apôtres.

Les Pseaumes de David.

Les ouvrages de Saint Vincent Ferrier, Saint Léon, pape, Saint Augustin, Saint Jean Chrysostome.

Les livres de la Genèse, du Lévitique, des Paralipomènes, des Nombres, des Machabées, des Rois.

Et les Livres des Prophètes Joël, Jérémie, Job, Isaïe, Daniel.

ERRATA.

Page 32, vers 12, *jamais il n'exista* : lisez exista-t-il jamais.

Page idem, vers 19 et 20, changer ces deux vers en entier par les deux suivans :

Il va tout en courroux déchaîner son tonnerre,
Pour l'engloutir vivant dans le sein de la terre.

Page 43, vers 22, *mille divisions* : lisez mille dérisions.

Page 44, vers 23, *loin de me socourir* : lisez loin de me secourir.

Page 51, vers 32, *pendant tout ce vacapme* : lisez pendant tout ce vacarme.

Page 72, vers 13, *pleines d'affüction* : lisez pleines d'affliction.

Page 85, vers 1.er, *la grande deffaillance* : lisez sa grande défaillance.

Page 87, vers 10, *et nous l'honorons* : lisez et nous t'honorerons.

Page 89, vers 7, *l'humanité, l'amour* : lisez l'humilité, l'amour.

Page 91, vers 29 et 30, à changer en entier par les deux vers suivans :

L'apôtre bien aimé fut l'enfant de Marie,
Qui vécut avec lui le reste de sa vie.

Page 93, vers 5, *une obligation pure* : lisez une oblation pure.

Page 98, vers 8, *erduite* : lisez réduite.

Page 100, vers 18, *et défende mon âme* : lisez défende encor mon âme.

Page idem, vers 19, *mais principalement* : lisez et principalement.

www.ingramcontent.com/pod-product-compliance
Lightning Source LLC
Chambersburg PA
CBHW070801280626
47162CB00016B/1578